近代文学叢書Ⅳ

すぽっとらいと

手紙

目次

イントロダクション

手紙

手紙、たより、はがき、書き物。

状況や気持ちを伝える手段の一つ。また、それらを知る手段。

面と向かって気持ちを伝えるのが恥ずかしいときや、自身の考えなどを伝えたいときにも手紙という手段はとても良いかもしれませんね。

手書きの文字からもその人をうかがい知ることができるので、手紙そのものがいとおしく感じられます。

長く会っていないかたから手紙が届くと、お返事にはあれもこれも伝えたい！　何から書こうかなと、わくわくしてしまいますね。

待ちに待っていた手紙は、しっかりと貼り付けられた封筒の糊さえもどかしく、破れてしまわないようにと便箋を開く。

また、何年か経て読み返すとあらたに俯瞰的に見えるので、大変興味深い存在であると思います。

あの時分の手紙だ、
ああこれはあのかたからの便りだと、
はたまた羞恥に震えたり……これは、少々つらいものがありますが、懐かしい記憶を振り返ってみたりする時間はきっと良いひとときでしょう。

わたくし事ですが実家を遠く離れて暮らしていますので、母から届く手紙には特別な思いがあります。

母の言葉や文字から感じられる、その存在と愛情が、時にわたしを励まし支えてくれるので一部大切に保管しています。

その母からの手紙も、最近では愛らしい絵文字付きのメッセージに変わりました。

(母の適応能力の高さは見習いたいところでもあります)


今回、手紙を題材にして物語を選びました。

人生を左右してしまうものであったり、絆を確認できる大切な手段でもあり、時を経て誰かを恐怖に陥れたり。

また、手紙の内容を明らかにせず読み手に想像させるという存在でもありました。

書きしるされ、明らかにされた気持ち。
そこに潜む人の心。
手紙の魅力に触れてみて、久しぶりに手紙を書いてみようと思いました。
久しぶりに、手紙を受け取りたいとも思いました。

近代文学叢書　編集長　なみ

手紙の情景

PAR AVION

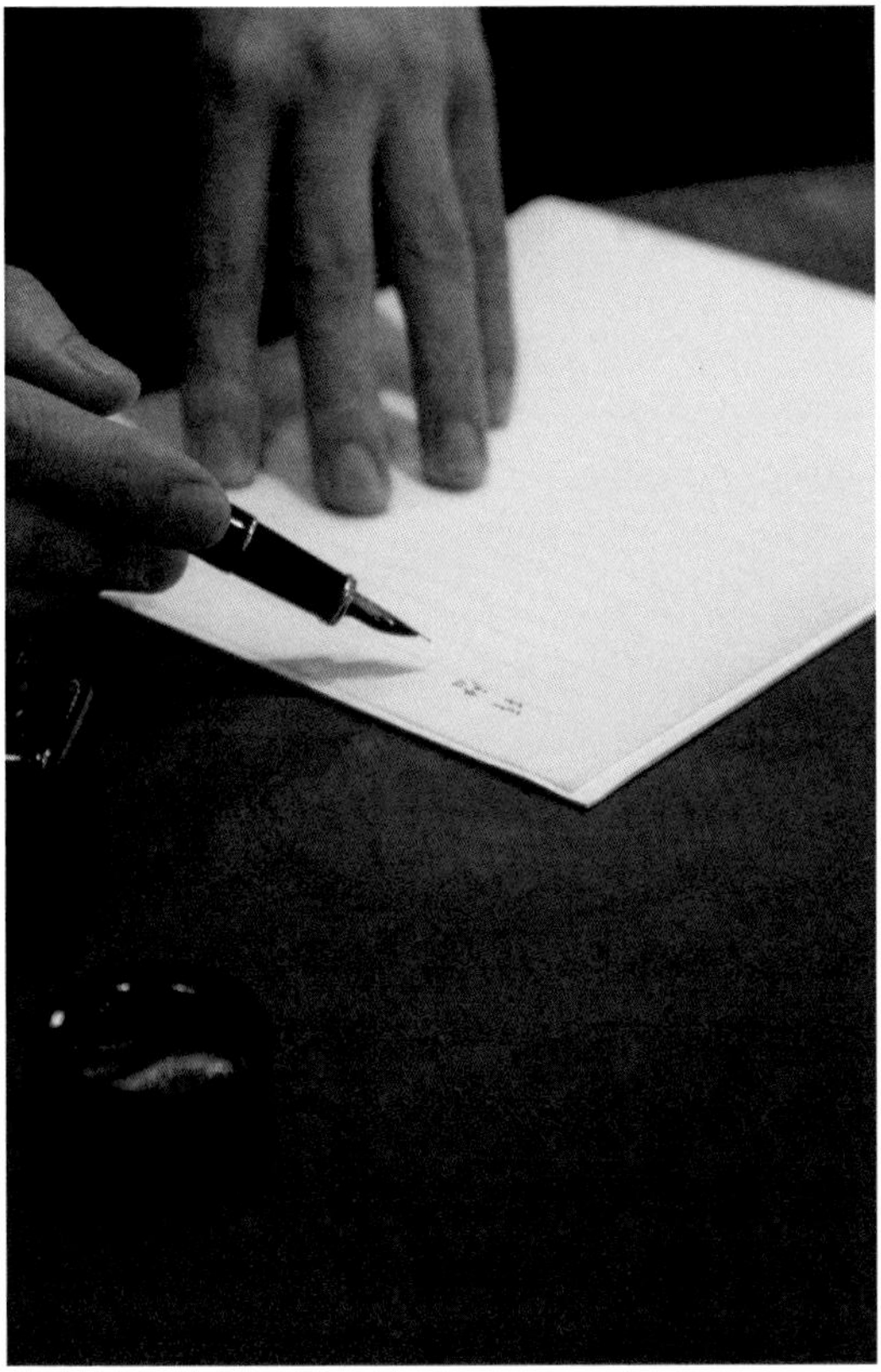

ink
PILOT

檸檬忌

三好達治

ink
PILOT

友よ　友よ　四年も君に會はずにゐる……
さうしてやつと　君がこの世を去つたのだとこの頃私は納得した
もはや私は　悲しみもなく　愕きもなく（それが少しもの足りない）
君の手紙を讀みかへす　――昔のレコードをかけてみる

海ぼたる

小川未明

ある日、兄弟は、村のはずれを流れている川にいって、たくさんほたるを捕らえてきました。晩になって、かごに霧を吹いてやると、それはそれはよく光ったのであります。

いずれも小さな、黒い体をして、二つの赤い点が頭についていました。

「兄さん、よく光るね。」と、弟が、かごをのぞきながらいいますと、

「ああ、これがいちばんよく光るよ。」と、兄はかごの中で動いている、よく光るほたるを指さしながらいいました。

「兄さん、牛ぼたるなんだろう?」

「牛ぼたるかしらん。」

二人は、そういって、目をみはっていました。牛ぼたるというのは、一種の大きなほたるでありました。それは、空に輝く、大きな青光りのする星を連想させるのであります。

その翌日でありました。

「晩になったら、また、川へいって、牛ぼたるを捕ってこようね。」と、兄弟はいいました。

そのとき、二人の目には、水の清らかな、草の葉先がぬれて光る、しんとした、涼しい風の吹く川面の景色がありありとうかんだのであります。

ちょうど昼ごろでありました。弟が、外から、だれか友だちに、「海ぼたる」だといって、一匹の大きなほたるをもらってきました。

「兄さん、海ぼたるというのを知っている？」と、弟は兄にたずねました。

「知らない。」

兄は、かつて、そんな名のほたるを見たことがありません。また、聞いたこともありません。

さっそく、兄は、弟のそばにいって、紙袋に包んだ海ぼたるをのぞいてみました。それは、普通のほたるよりも大きさが二倍もあって、頭には、二つの赤い点がついていましたが、色は、ややうすかったのであります。

「大きなほたるだね。」と、兄はいいました。あまり大きいので、気味の悪いような感じもされたのであります。

二人は、晩には、どんなによく光るだろうと思って、海ぼたるをかごの中に入れてやりました。

「海ぼたるをもらったよ。」と、兄弟は、外に出て、友だちに向かって話しましたけれど、海ぼたるを知っているものがありませんでした。

まれに、その名だけを知っていましても、見たといったものがありませんでした。もちろん、その海ぼたるについて、つぎのような話のあることを知るものは、ほとんどなかったのであります。

昔、あるところに、美しい、おとなしい娘がありました。父や、母は、どんなにその娘をかわいがったかしれません。やがて娘は、年ごろになってお嫁にゆかなければならなくなりました。

両親は、どこか、いいところへやりたいものだと思っていました。それですから、方々からもらい手はありましたが、なかなか承知をいたしませんでした。

どこか、金持ちで、なに不自由なく暮らされて、娘をかわいがってくれるような人のところへやりたいものだと考えていました。

すると、あるとき、旅からわざわざ使いにやってきたものだといって、男が、たずねてきました。そして、どうか、娘さんを、私どもの大尽《だいじん》の息子のお嫁にもらいたいといったのです。

両親は、けっして、相手を疑いませんでした。先方が、金持ちで、なに不自由なく、そして、娘をかわいがってさえくれればいいと思っていましたので、先方がそんなにいいとこであるなら、娘もしあわせだからというので、ついやる気になりました。

ただ、娘だけは、両親から、ひとり遠く離れてゆくのを悲しみました。

「遠いといって、あちらの山一つ越した先です。いつだってこられないことはありません。」と、旅からきた男は、あちらの山を指さしていいました。

その山は、雲のように、淡く東の空にかかって見られました。

「そんなに、泣かなくてもいい、三年たったら私たちは、おまえのとこにたずねてゆくから。」と、両親はいいました。

娘は、涙にぬれた目を上げて、東の方の山をながめていましたが、

「どうか、毎日、晩方になりましたら、私があの山のあちらで、やはり、こちらを向いてお父さんや、

お母さんのことを、恋しがっていると思ってください。」といいました。

これを聞いて、父親も、母親も、目をぬらしたのであります。

「なんで、おまえのことを片時なりとも忘れるものではない。」と答えました。

娘は、とうとう旅の人につれられて、あちらの郷へお嫁にゆくことになったのであります。

娘がいってから、年をとった父親や、母親は、毎日、東の山を見て娘のことを思っていました。けれど、娘からは、なんのたよりもなかったのです。

娘は、まったく、旅の人にだまされたのでありました。なるほど、いってみると、その家は、村の大尽《だいじん》であります。また、舅も、姑も、かわいがってはくれましたけれど、聟《むこ》という人は、すこし低能な生まれつきであることがわかりました。

彼女は、この愚かな聟《むこ》が、たとえ自分を慕い、愛してくれましたにかかわらず、どうしても自分は愛することができなかったのです。

娘は、西にそびえる高い山を仰ぎました。そして、明け暮れ、なつかしい故郷が慕われたのです。三年たてば、恋しい母や父が、やってくるといったけれど、彼女はどうしても、その日まで待つことはできませんでした。

「どうかして、生まれた家へ帰りたいもんだ。」と、彼女は思いました。

しかし、道は、遠く、ひとり歩いたのでは、方角すらも、よくわからないのであります。彼女はただわずかに、川に添うて歩いてきたことを思い出しました。どうかして、川ばたに出て、それについてゆこう。その後は、野にねたり、里に憩うたりして、路を聞きながらいったら、いつか故郷に帰れないこともあるまいと思いました。

ある日、娘は、聟《むこ》や、家の人たちに、気づかれないように、ひそかに居間から抜け出たのであります。川の流れているところまで、やっと落ちのびました。それから、その川について、だんだんと上ってゆきました。女の足で、道は、はかどりませんでした。草を分け、木の下をくぐったりして歩きました。いまにも、彼女は、追っ手のものがきはしないかと、心は急きました。どうかして、はやく、川をあちらへ渡って越したいものだと思いました。けれど、どこまでいっても、一つの橋もかかっていなかったのです。

川上には、どこかで大雨が降ったとみえて、水かさが増していました。やっと、日暮れ前に、一つの丸木橋を見いだしましたので、彼女は、喜んでその橋を渡りますと、木が朽ちていたとみえて、橋が真ん中からぽっきり二つに折れて、娘は水の中におぼれてしまいました。

「死んでも、魂だけは、故郷に帰りたい。」と、死のまぎわまで、彼女は思っていました。

やがて、娘の姿は、水の面に見られなくなりました。すると、その夜から、この川に、ほたるが出て、水の流れに姿を映しながら飛んだのであります。

愚かな聟《むこ》は、美しい嫁をもらって、どんなに喜んでいたかしれません。そして、自分はできるだけ、やさしく彼女にしたつもりでいました。それが、ふいに姿を隠してしまったので、また、いかばかり、悲しみ、歎《なげ》いたでありましょう。ついに聟《むこ》は、家の人たちが心配をして、見張りをしていたにもかかわらず、いつのまにか、家から飛び出して、同じ川に身を投げて死んでしまいました。

この水ぶくれのした死骸は、川の上に浮いて、ふわりふわりと流れて、みんなの知らぬまに、海に入ってしまったのであります。不思議なことに、この死骸も、またほたるになったのです。

これが、海ぼたるでありました。

二人の兄弟は、海ぼたるについて、こんな物語があることを知りませんでした。ただ、大きいから、かごの中に入れて、よく光るだろうと思っていました。

晩になると、海ぼたるはよく光りました。川のほたるも負けずによく光りました。

「みんな、よく光るね。」と、兄と弟は、喜んでいいました。

あくる日の晩は、あまり両方とも、前夜のようにはよく光りませんでした。自然を家として、川の上や、空を飛んでいるものを、狭いかごの中にいれたせいでもありましょう。ほたるは、だんだん弱って、日ごとに、小さな川のほたるから、一匹、二匹と死んでゆきました。そして、最後に海ぼたるだけがかごの中に残りました。しかし、その光も、だんだん衰えていって、なんとなくひとりいるのがさびしそうでありました。

ある朝、二人は、この大きなほたるも死んでいるのを見いだしました。そのときすでに、じめじめした梅雨が過ぎて、空は、まぶしく輝いていたのであります。

旅への誘い　織田作之助

喜美子は洋裁学院の教師に似合わず、年中ボロ服同然のもっさりした服を、平気で身につけていた。自分でも吹きだしたいくらいブクブクと肥った彼女が、まるで袋のようなそんな不細工な服をかぶっているのを見て、洋裁学院の生徒たちは「達磨さん」と称んでいた。

しかし、喜美子はそんな綽名をべつだん悲しみもせず、いかにも達磨さんめいたくりくりした眼で、ケラケラと笑っていた。

「達磨は面壁九年やけど、私《うち》は三年の辛抱で済むのや。」

三年経てば、妹の道子は東京の女子専門学校を卒業する、乾いた雑布を絞るような学資の仕送りの苦しさも、三年の辛抱で済むのだと、喜美子は自分に言いきかせるのであった。

両親をはやく失って、ほかに身寄りもなく、姉妹二人切りの淋しい暮しだった。姉の喜美子はどちらかといえば醜い器量に生れ、妹の道子は生れつき美しかった。妹の道子が女学校を卒業すると、喜美子は、「姉ちゃん、私《うち》ちょっとも女専みたいな上の学校、行きたいことあれへん。私《うち》かて働くわ。」という道子を無理矢理東京の女子専門学校の寄宿舎へ入れ、そして自分は生国魂《いくだま》神社の近くにあった家を畳んで、北畠のみすぼらしいアパートへ移り、洋裁学院の先生になったその日から、もう自分の若さも青春も忘れた顔であった。

妹の学資は随分の額だのに、洋裁学院でくれる給料はお話にならぬくらい尠く、夜間部の授業を受け持ってみても追っつかなかった。朝、昼、晩の三部教授の受持の時間をすっかり済ませて、古雑布のようにみすぼらしいアパートに戻って来ると、喜美子は古綿を千切って捨てたようにくたくたに疲れていたが、それでも夜更くまで洋裁の仕立の賃仕事をした。月に三度の公休日にも映画ひとつ見ようとせず、お茶ひとつ飲みにも行かず、切り詰め切り詰めた一人暮しの中で、せっせと内職のミシンを踏み、急ぎの仕立の時には徹夜した。徹夜の朝には、誰よりも早く出勤した。

そして、自分はみすぼらしい服装に甘んじながら、妹の卒業の日をまるで泳ぎつくように待っているうちに、さすがに無理がたたったのか、喜美子は水の引くようにみるみる痩せて行った。

「こんな痩せた達磨さんテあれへんわ。」

鏡を見て喜美子はひとり笑ったが、しかし、やがてそんな冗談も言っておれぬくらい、だんだんに衰弱して行った。

道子がやっと女専を卒業して、大阪の喜美子のもとへ帰って来たのは、やがてアパートの中庭に桜の花が咲こうとする頃であった。

「お姉さま、只今、お会いしたかったわ。」

三年の間に道子はすっかり東京言葉になっていた。喜美子はうれしさに胸が温《あたた》まって、暫らく口も利けず、じっと妹の顔を見つめていたが、やがて、いきなり妹の手を卒業免状と一緒に強く握りしめた、その姉の手の熱さに、道子はどきんとした。

「あら、お姉さまの手、とっても熱い。熱があるみたい……」

言いながら道子は、びっくりしたように姉の顔を覗きこんで、

「……それに、随分お痩せになったわね。」

「ううん、なんでもあれへん。痩せた方が道《みち》ちゃんに似て来て、ええやないの。」

喜美子はそう言って淋しく笑ったが、しかし、その晩喜美子は三十九度以上の熱をだした。道子は制服のまま氷を割ったり、タオルを絞りかえたりした。朝、医者が来た。肋膜を侵されているということだった。

医者が帰ったあとで、道子は薬を貰いに行った。粉薬と水薬をくれたが、随分はやらぬ医者らしく、粉薬など粉がコチコチに乾いて、ベッタリと袋にへばりつき、何年も薬局の抽出の中に押しこんであったのをそのまま取り出して、呉れたような気がして、なにか頼りなかったが、しかし道子は姉がそれを服む時間が来ると、「どうぞ効いてくれますように。」と、ひそかに祈った。しかし姉の熱は下らなかった。

桜の花が中庭に咲き、そして散り、やがていやな梅雨が来ると、喜美子の病気はますますいけなくなった。梅雨があけると生国魂神社の夏祭が来る、丁度その宵宮《よみや》の日であった。喜美子が教えていた戦死者の未亡人達が、やがて卒業して共同経営の勲洋裁店を開くのだと言って、そのお礼かたがた見舞いに来た。

道子がそのひと達を玄関まで見送って、部屋へ戻って来ると、壁の額の中にはいっている道子の

卒業免状を力のない眼で見上げていた喜美子が急に、蚊細いしわがれた声で、

「道《みっ》ちゃん、生国魂さんの獅子舞の囃子がきこえてるわ。」

と、言った。道子はふっと窓の外に耳を傾けた。しかしこのアパートから随分遠くはなれた生国魂神社の境内の獅子舞の稽古の音が聴えて来る筈もない。

窓に西日が当っているのに気がついたので、道子は立ってカーテンを引いた。そしてふと振りむくと、喜美子は「ああ。」とかすかに言って、そのまま息絶えていた。

姉の葬式を済ませて、三日目の朝のことだった。この四五日手にとってみることもなく溜っていた古い新聞を、その溜っていることをいかにも自分の悲しみのしるしのように思いながら、見るともなく見ていた道子は、急に眼を輝かした。南方派遣日本語教授要員の募集の記事が、ふと眼に止ったのである。

「南方へ日本語を教えに行く人を募集しているのだわ。」

と、呟きながら読んで行って、「応募資格ハ男女ヲ問ハズ、専門学校卒業又ハ同程度以上ノ学力ヲ有スル者」という個所まで来ると、道子の眼は急に輝いた。道子はまるで活字をなめんばかりにして、その個所をくりかえしくりかえし読んだ。

「応募資格ハ男女ヲ問ハズ、専門学校……。」

道子はふと壁の額にはいった卒業免状を見上げた。姉の青春を、いや、姉の生命を奪ったものは

これだったかと、見るたびチクチクと胸が痛んだ卒業免状だったが、いまふと、

「あ、ちょうどあれが役に立つわ。」

と、呟いた咄嗟に、道子の心はからりと晴れた。

「お姉さまがご自分の命と引きかえに貰って下すったあの卒業免状を、お国の役に立てることが出来るのだわ。そうだ、私は南方へ日本語を教えに行こう!」

道子はそう呟きながら、道子は、姉の死の悲しい想出のつきまとう内地をはなれて、遠く南の国へ誘う「旅への誘い」にあつく心をゆすぶられていた。

二十七の歳までお嫁にも行かず、若い娘らしい喜びも知らず、達磨さんは孤独な、清潔な苦労とにらみっこしながら、若い生涯を終ってしまったのである。その姉のさびしい生涯を想えば、もはや月並みな若い娘らしい幸福に甘んずることは許されず、姉の一生を吹き渡った孤独な冬の風に自分もまた吹雪と共に吹かれて行こうという道子にとっては、自分の若さや青春を捨てて異境に働き、異境に死ぬよりほかに、姉に報いる道はないと思われた。

「お姉さまもきっと喜んで下さるわ。」

南方で日本語を教えるには標準語が話せなくてはならない、しかし自分は三年間東京にいたからその点は大丈夫だと、道子はわざわざ東京の学校へ入れてくれた姉の心づくしが今更のように思い出された。

志願書を出して間もなく選衡試験が行われる。その口答試問の席上で、志願の動機や家庭の情況を問われた時、

「姉妹二人の暮しでしたが……。」

と言いながら、道子は不覚にも涙を落し、

「あ、こんなに取り乱したりして、きっと口答試問ではねられてしまうわ。」

と心配したが、それから一月余り経ったある朝の新聞の大阪版に、合格者の名が出ていて、その中に田村道子という名がつつましく出ていた。道子の姓名は田中道子であった。それが田村道子となっているのは、たぶん新聞の誤植であろうと、道子は一応考えたが、しかしひょっとして同じ大阪から受験した女の人の中に自分とよく似た名の田村道子という人がいるのかも知れない、そうだとすれば大変と思って、ひたすら正式の通知を待ちわびた。

合格の通知が郵便で配達されたのは、三日のちの朝であった。ところが、その通知と一緒に、田中喜美子様と、亡き姉に宛てた手紙が、ひょっこり配達されていた。アパートの中庭では、もう木犀の花が匂っていた。

死んでしまった姉に思いがけなく手紙が舞い込んで来るなど、まるで嘘のような気がした。姉が死んだのは、忘れもしない生国魂神社の宵宮の暑い日であったが、もう木犀の匂うこんな季節になったのかと、姉の死がまた熱く胸にきて、道子は涙を新たにした。

やがて涙を拭いて、封筒の裏を見ると、佐藤正助とある。思いがけず男の人からの手紙であった。道子は何か胸が騒いだ。

道子が姉のもとへ帰ってから、もう半年以上にもなるが、つひぞこれ迄男の人から姉の所へ見舞いの手紙も、またくやみの手紙も来たことはなく、それが姉のさびしく清潔な生涯を悲しく裏書しているようで、道子はふっとせつなかったが、しかし姉が死んで三月も経った今、手紙を寄越して来たこの佐藤正助という人は一体誰だろうと、好奇心が起るというより、むしろ淋しかった。

随分永らく御無沙汰して申訳ありません。僕も愈よ来年は大学を卒業するというところまで漕ぎつけましたが、それに先立って、学徒海鷲を志願し、近く学窓を飛び立つことになりました。永い間苦学生としての生活を送って来た僕には、泳ぎつくように待たれた卒業でしたが、しかしいま学徒海鷲として飛び立つ喜びは、卒業以上の喜びです。恐らく生きて帰れないでしょう。従ってあなたにもお眼に掛れぬと思います。いつぞやあなたにお貸しした鷗外の「即興詩人」の書物は、僕のかたみとして受け取って下さい。永い間住所も知らせず、手紙も差し上げず、怒っていらっしゃることと思いますが、そのお詫びかたがたお便りしました。僕は今でも、あなたが苦学生の僕の洋服のほころびを縫って下すった御親切を忘れておりません。御自愛祈ります。

その文面だけでは、姉の喜美子とその大学生がどんな交際《つきあい》をしていたのか、道子には判らなかったが、しかし、読み終って姉の机の抽出の中を探すと果して鴎外の「即興詩人」の文庫本が出て来た。

「お姉さまはなぜこの御本を返さなかったのだろう？」

と呟いた咄嗟に、あ、そうだわと、道子は思い当った。当時大阪の高等学校の生徒であったその青年は、高等学校を卒業して東京の大学へ行ってしまうと、もうそれきり手紙も寄越さず、居所も知らさなかったのではなかろうか。それ故返そうにも返せなかったのだ。

たぶん二人の仲は、その生徒よりも三つか四つ歳上の姉が、苦学生だというその境遇に同情して、洋服のほころびを縫ってやったり、靴下の穴にツギを当ててやったりしただけの淡いもので、離れてしまえばそれ切り、居所を知らせる義務もないような、なんでもない仲であったのかも知れないと、道子は想像した。

「けれど、お姉さまが待っていらしったのは、やはりこの人の便りだったのだわ。」

道子はそう呟き、机の抽出の中に大切につつましくしまわれていた「即興詩人」の中に、ひそかな姉の青春が秘められていたように思われて、ふっと温い風を送られたような気がした。

「でも、待っていた便りが、死んでしまってから来るなんて、そんな、そんな……。」

そう思うと、道子はまた姉が可哀想だった。姉の青春のさびしさがこんなことにも哀しく現れていると、ポトポト涙を落しながら、道子はペンを取って返事をしたためた。

妹でございます。姉喜美子ことは、ことしの七月八日、永遠にかえらぬ旅に旅立ってしまいました。永い間ご本をお借りして、ありがとうございました。……

そこまで書いて、道子はもうあとが続けられなかった。しかし、ただ悲しくなって、筆を止めたのではなかった。

学徒海鷲として雄雄しく飛び立とうとするその人に、こんな悲しい手紙を出してはいけないと思ったのだ。これまで姉に手紙を寄越さなかったのは、おそらく学生らしいノンキなヅボラさであったかも知れず、そして今、再び生きて帰るまいと決心したその日に、やはり姉のことを想いだして便りをくれたその気持を想えば、姉の死はあくまでかくして置きたかった。

道子は書きかけた手紙を破ると、改めて姉の名で激励の手紙を書いて、送った。

南方派遣日本語教授要員の錬成をうけるために、道子が上京したのは、それから一週間のちのことであった。早朝大阪を発ち、東京駅に着いたのは、もう黄昏刻であった。

都電に乗ろうとして、姉の遺骨を入れた鞄を下げたまま駅前の広場を横切ろうとすると、学生が一団となって、校歌を合唱していた。

道子はふと佇んで、それを見ていた。校歌が済むと、三拍子の拍手が始まった。

「ハクシュ！　ハクシュ！」

　という、いかにも学生らしい掛け声に微笑んでいると、誰かがいきなり、

「佐藤正助君、万歳！」

　と、叫んだ。

「元気で行って来いよ。佐藤正助、頑張れ！」

　きいたことのある名だと思った咄嗟に、道子はどきんとした。

「あ、佐藤さん！」

　一週間前姉に手紙をくれたその人ではないか。もはや事情は明瞭だった。学徒海鷲を志願して航空隊へ入隊しようとするその人を見送る学友たちの一団ではないか。

　道子はわくわくして、人ごみのうしろから、背伸びをして覗いてみた。円形の陣の真中に、一人照れた顔で、固い姿勢のまま突っ立っているのが、その人であろう。

　思わず駈け寄って、

「妹でございます。」

　と、道子は名乗りたかった。けれど、

「いや、神聖な男の方の世界の門出を汚してはならない！」

　という想いが、いきなり道子の足をすくった、道子は思い止った。そして、

「どうせ私も南方へ行くのだわ。そしたら、どこかでひょっこりあの人に会えるかも知れない。その時こそ、妹でございます。田中喜美子の妹でございますと、名乗ろう。」

ひそかに呟きながら、拍子の音が黄昏の中に消えて行くのを聴いていた。

一刻ごとに暗さの増して行くのがわかる晩秋の黄昏だった。

やがて、その人が駅の改札口をはいって行くその広い肩幅をひそかに見送って、再びその広場へ戻って来ると、あたりはもうすっかり暗く、するすると夜が落ちていた。

「お姉さま。道子はお姉さまに代って、お見送りしましたわよ。」

道子はそう呟くと、姉の遺骨のはいった鞄を左手に持ちかえて、そっと眼を拭き、そして、錬成場にあてられた赤坂青山町のお寺へ急ぐために、都電の停留所の方へ歩いて行った。

月の夜がたり

岡本綺堂

一

E君は語る。

僕は七月の二十六夜、八月の十五夜、九月の十三夜について、皆一つずつの怪談を知っている。長いものもあれば、短いものもあるが、月の順にだんだん話していくことにしよう。

そこで、第一は二十六夜――これは或る落語家《はなしか》から聞いた話だが、なんでも明治八、九年頃のことだそうだ。その落語家もその当時はまだ前座からすこし毛の生えたくらいの身分であったが、いつまで師匠の家《うち》の冷飯《ひやめし》を食って、権助同様のことをしているのも気がきかないというので、師匠の許可を得て、たとい裏店《うらだな》にしても一軒の世帯をかまえることになって、毎日貸家をさがしてあるいた。その頃は今と違って、東京市中にも空家《あきや》はたくさんあったが、その代りに新聞広告のような便利なものはないから、どうしても自分で探しあるかなければならない。彼も毎日尻端折りで、浅草下谷辺から本所、深川のあたりを根《こん》よく探しまわったが、どうも思うようなのは見付からない。なんでも二間《ふたま》か三間ぐらいで、ちょっと小綺麗な家で、家賃は一円二十五銭どまりのを見付けようという注文だから、その時代でも少しむずかしかったに相違ない。

八月末の残暑の強い日に、かれは今日もてくてくあるきで、汗をふきながら、下谷御徒町の或る横町を通ると、狭い路地の入口に「この奥にかし家」という札がななめに貼ってあるのを見付けた。しかも二畳と三畳と六畳の三間《みま》で家賃は一円二十銭と書いてあったので、これはおあつらえ向きだと喜んで、すぐにその路地へはいってみると、思ったよりも狭い裏で、突当りにたった一軒の小さい家があるばかりだが、その戸袋の上にかし家の札を貼ってあるので、かれはここの家に相違ないと思った。このころの習わしで、小さい貸家などは家主がいちいち案内するのは面倒くさいので、昼のうちは表の格子をあけておいて、誰でも勝手にはいって見ることが出来るようになっていた。ここの家も表の格子は閉めてあったが、入口の障子も奥の襖もあけ放して、外から家内をのぞくことが出来るので、彼もまず格子の外から覗いてみた。もとより狭い家だから、三尺のくつぬぎを隔てて家じゅうはすっかり見える。寄付《よりつき》が二畳、次が六畳で、それにならんで三畳と台所がある。うす暗いのでよく判らないが、さのみ住み荒らした家らしくもない。

これなら気に入ったと思いながらふと見ると、奥の三畳に一人の婆さんが横向きになって坐っている。さては留守番がいるのかと、彼は格子の外から声をかけた。

「もし、御免なさい。」

ばあさんは振向かなかった。

「御免なさい。こちらは貸家でございますか。」と、彼は再び呼んだ。

ばあさんはやはり振向かない。幾度つづけて呼んでも返事はないので、彼は根負けがした。あのばあさんはきっと聾に相違ないと思って舌打ちしながら表へ出ると、路地の入口の荒物屋ではおかみさんが店先の往来に盥《たらい》を持出していたので、彼は立寄って訊《き》いた。

「この路地の奥の貸家の家主さんはどこですか。」

家主はこれから一町ほど先の酒屋だと、おかみさんは教えてくれた。

「どうも有難うございます。留守番のおばあさんがいるんだけれども、居眠りでもしているのか、つんぼうか、いくら呼んでも返事をしないんです。」

彼がうっかりと口をすべらせると、おかみさんは俄かに顔の色をかえた。

「あ、おばあさんが……。また出ましたか。」

この落語家はひどい臆病だ。また出ましたかの一言にぞっとして、これも顔の色を変えてしまって、挨拶もそこそこに逃げ出した。もちろん家主の酒屋へ聞合せなどに行こうとする気はなく、顫《ふる》えあがって足早にそこを立去ったが、だんだん落ちついて考えてみると、八月の真っ昼間、暑い日がかんかん照っている。その日中に幽霊でもあるまい。おれの臆病らしいのをみて、あの女房め、忌《いや》なことを言っておどしたのかも知れない。ばかばかしい目に逢ったとも思ったが、半信半疑で何だか心持がよくないので、その日は貸家さがしを中止して、そのまま師匠の家へ帰った。

この年は残暑が強いので、どこの寄席も休みだ。日が暮れてもどこへ行くというあてもない。

「今夜は二十六夜さまだというから、おまえさんも拝みに行っちゃあどうだえ。」

師匠のおかみさんに教えられて、彼は気がついた。今夜は旧暦の七月二十六夜だ。話には聞いているが、まだ一度も拝みに出たことはないので、自分も商売柄、二十六夜待《まち》というのはどんなものか、なにかの参考のために見て置くのもよかろうと思ったので、涼みがてらに宵から出かけた。二十六夜の月の出るのは夜半《よなか》にきまっているが、彼と同じような涼みがてらの人がたくさん出るので、どこの高台も宵から賑わっていた。

彼はまず湯島天神の境内へ出かけて行くと、そこにも男や女や大勢の人が混みあっていた。その中には老人や子供も随分まじっていた。今とちがって、明治の初年には江戸時代の名残りをとどめて、二十六夜待などに出かける人たちがなかなか多かったらしい。彼もその群れにまじってぶらぶらしているうちに、ふと或るものを見付けてまたぞっとした。その人ごみのなかに、昼間下谷の空家で見た婆さんらしい女が立っているのだ。広い世間におなじような婆さんはいくらもある。ばあさんの顔などというものは大抵似ているものだ。まして昼間見たのはその横顔だけで、どんな顔をしているのか確かに見届けた訳でもないのだが、どうもこのばあさんがそれに似ているらしく思われてならない。幾たびか水をくぐったらしい銚子縮《ちょうしちぢみ》の浴衣《ゆかた》までがよく似ているように思われるので、彼は何だか薄気味が悪くなって、早々にそこを立去った。

彼は方角をかえて、神田から九段の方へ行くと、九段坂の上にも大勢の人がむらがっていた。彼はそこで暫くうろうろしていると、またぞっとするような目に逢わされた。湯島でみたあのばあさんがいつの間にかここにも来ているのだ。彼はもし自分ひとりであったら思わずきゃっと声をあげたかも知れないほどに驚いて、早々に再びそこを逃げ出した。

　彼はそれから芝の愛宕山へのぼった。高輪の海岸へ行った。しかも行く先々の人ごみのなかに、きっとそのばあさんが立っているのを見いだすのだ。勿論そのばあさんが彼を睨むわけでもない、彼にむかって声をかけるわけでもない、ただ黙って突っ立っているのだが、それがだんだんに彼の恐怖を増すばかりで、彼はもうどうしていいか判らなくなった。自分はこのばあさんに取付かれたのではないかと思った。

　月の出るにはまだ余程時間があるのだが、彼にとってはもうそんなことは問題ではなかった。なにしろ早く家へ帰ろうと思ったが、その時代のことだから電車も鉄道馬車もない。高輪から人力車に乗って急がせて来ると、金杉の通りで車夫は路ばたに梶棒《かじぼう》をおろした。

「旦那、ちょいと待ってください。そこで蝋燭を買って来ますから。」

　こう言って車夫は、そこの荒物屋へ提灯の蝋燭を買いに行った。荒物屋——昼間のおかみさんのことを思い出しながら、彼は車の上から見かえると、自分の車から二間ほど距《はな》れた薄暗いところに一人の婆さんが立っていた。それを一と目みると、彼はもう夢中で車から飛び降りて、新橋の方へ一目散に逃げ出した。

　師匠の家は根岸だ。とてもそこまで帰る元気はないので、彼は賑やかな夜の町を駈け足で急ぎながら、これからどうしようかと考えた。かのばあさんはあとから追って来るらしくもなかったが、彼はなかなか安心できなかった。三十間堀の大きい船宿に師匠をひいきにする家がある。そこへ行って今夜は泊めて貰おうと思いついて、転げ込むようにそこの門《かど》をくぐると、帳場でもおどろいた。

「おや、どうしなすった。ひどく顔の色が悪い。急病でも起ったのか。」

実はこういうわけだと、息をはずませながら訴えると、みんなは笑い出した。そこに居あわせた芸者までが彼の臆病を笑った。しかし彼にとっては決して笑いごとではなかった。その晩はとうとうそこに泊めてもらうことにして、肝腎の月の出るころには下座敷の蚊帳《かや》のなかに小さくなっていた。

あくる朝、根岸の家へ帰ると、ここでも皆んなに笑われた。あんまり口惜しいので、もう一度出直して御徒町へ行って、近所の噂を聞いてみると、かの貸家には今まで別に変ったことはない。変死した者もなければ、葬式の出たこともない。今まで住んでいたのは質屋の番頭さんで、現に同町内に引っ越して無事に暮らしている。しかしその番頭の引っ越したのは先月の盂蘭盆前で、それから二、三日過ぎて迎い火をたく十三日の晩に、ひとりの婆さんがその空家へはいるのを見たという者がある。

その婆さんはいつ出て行ったか、誰も知っている者はなかったが、その後ときどきに、そのばあさんの坐っている姿をみるというので、家主の酒屋でも不思議に思って、店の者四、五人がその空家をしらべに行って、戸棚をあらため、床の下までも詮索したが、なんにも怪しいものを発見しなかった。

そんな噂がひろがって、その後は誰も借り手がない。そうして、その空家には時どきにそのばあさんの姿がみえる。どこの幽霊が戸惑いをして来たのか、それはわからない。

その話を聞いて、彼はまた蒼くなって、自分はその得体の知れない幽霊に取付かれたに相違ないときめてしまった。家へ帰る途中から気分が悪くなって、それから三日ばかりは半病人のようにぼんやりと暮らしていたが、かのばあさんは執念ぶかく彼を苦しめようとはしないで、その後かれの前に一度もその姿をみせなかった。彼も安心して、九月からは自分の持席をつとめた。

かのあき家は冬になるまでやはり貸家の札が貼られていたが、十一月のある日、しかも真っ昼間に突然燃え出して焼けてしまった。それが一軒焼けで終ったのも、なんだか不思議に感じられるというのであった。

二

第二は十五夜――これは短い話で、今からおよそ二十年ほど前だと覚えている。芝の桜川町付近が市区改正で取拡げられることになって、居住者は或る期間にみな立退いた。そのなかで、或る煙草屋――たしか煙草屋だと記憶しているが、あるいは間違っているかも知れない。――の主人が出張の役人に対してこういうことを話した。

自分は明治以後ここへ移って来たもので、二十年あまりも商売をつづけているが、ここの家には一つの不思議がある。時どきに二階の梯子の下に人の姿がぼんやりと見える。だんだん考えてみると、それが一年に一度、しかも旧暦の八月十五夜に限られていて、当夜が雨か曇りかの場合には姿をみせない。当夜が明月であると、きっと出てくる。どこかの隙間から月のひかりが差込んで、何かの影が浮いてみえるのかとも思ったが、ほかの月夜の晩にはかつてそんなことがない、かならず八月の十五夜に限られているのも不思議だ。人の形ははっきり判らないが、どうも男であるらしい。別にどうするというでもなく、ただぼんやりと突っ立っているだけのことだから、こっちの度胸さえすわっていれば、まず差したる害もないわけだ。

この主人もいくらか度胸のすわった人であったらしい。それにもう一つの幸いは、その怪しいものは夜半《よなか》に出て、明け方には消える。ことに一年にたった一度のことであるので、細君をはじめ家内の人たちは誰もそれを知らないらしい。あるいは自分の眼にだけ映って、ほかの者には見えないのかも知れないと思ったが、いずれにしても、迂闊《うかつ》なことをしゃべって家内のものを騒がすのもよくない。そんな噂が世間にきこえると、自然商売の障りにもなる。かたがたこれは自分ひとりの胸に納めておく方がいいと考えて、家内のものにも秘《かく》していた。そうして、幾年を送るうちに、自分もう馴れてしまって、さのみ怪しまないようにもなった。

ところで、今度ここを立退くについて、家屋はむろん取毀されるのであるから、この機会に床下その他を検《あらた》めてもらいたい。あるいは人間の髑髏《どくろ》か、金銀を入れた瓶《かめ》のようなものでも現れるかも知れないと、その主人がいうのだ。成程そんなことは昔話にもよくあるから、物は試しにその床下を発掘してみようということになると、果して店の梯子の下あたりと思われるところ、その土の底から五つの小さい髑髏が現れた。但しそれは人間の骨ではない、いずれも獣の頭であることが判った。その三つは犬であったが、他の二つは狢《むじな》か狸ではないかという鑑定であった。いつの時代に、何者が五つの獣の首を斬って埋めて置いたのか、又どうしてそんなことをしたのか、それらのことは永久の謎であった。
二、三の新聞では、それについていろいろの想像をかいたが、結局不得要領に終ったようだ。

三

第三は十三夜――これは明治十九年のことだ。そのころ僕の家は小石川の大塚にあった。あの辺も今でこそ電車が往来して、まるで昔とはちがった繁華の土地になったが、明治の末頃まではまだ寂しい町で、江戸時代の古い建物なども残っていた。まして明治十九年、僕がまだ十五六の少年時代は、山の手も場末のさびしい町で、人家の九分通りは江戸の遺物というありさまだから、昼でもなんだか薄暗いような、まして日が暮れるとどこもかしこも真っ暗で、女子供の往来はすこし気味が悪いくらいであった。そういうわけだから、地代ももちろん廉《やす》く、家賃も安い。僕の親父はそこに小さい地面と家を買って住んでいたので、僕もよんどころなくそこで生長したのだ。

ところが、僕の中学の友達で梶井という男があたかも僕の家の筋向うへ引っ越して来ることになった。梶井の父は銀行員で、これもその地面と家とを法外に安く買って来たらしかった。今まで住んでいたのは本多なにがしという昔の旗本で、江戸以来ここに屋敷を構えていたのだが、維新以来いろいろの事業に失敗して、先祖以来の屋敷をとうとう手放すことになって、自分たちは沼津の方へ引っ込んでしまった。それを買いとって、梶井の一家が新しく乗込んで来たのだが、なにしろ相当の旗本の屋敷だから、僕らの家とは違ってすこぶる立派なものであった。もちろん屋敷そのものは、ずいぶん古い建物で、さんざんに住み荒らしてあるらしかったが、屋敷の門内はなかなか広く、庭や玄関前や裏手の空地などをあわせると、どうしても千坪以上はあるという話であった。

前にもいう通り、屋敷はさんざん住み荒らしてあるので、梶井の家ではその手入れに随分の金がかかったとかいうことであったが、家の手入れが済んでから更に庭の手入れに取りかかった。その頃は僕も子供あがりで、詳しいことは知らなかったが、梶井の父というのは何かの山仕事が当って、今のことばで言えば一種の成金になったらしく、毎日大勢の職人を入れて景気よく仕事をさせていた。すると、ある日曜日の午後だ。梶井があわただしく僕の家へ駈け込んで来て、不思議なことがあるから見に来いというのだ。

十一月のはじめで、小春日和《こはるびより》というのだろう。朝から大空は青々と晴れて滝野川や浅草は定めて人が出たろうと思われるうららかな日であった。梶井が息を切って呼びに来たので、僕は縁側へ出て訊いた。

「不思議なこと……。どうしたんだ。」

「稲荷さまの縁の下から大きな蛇が出たんだ。」

僕は思わず笑い出した。梶井は今まで下町《したまち》に住んでいたので、蛇などをみて珍しそうに騒ぐのだろうが、ここらの草深いところで育った僕たちは蛇や蛙を自分の友達と思っているくらいだ。なんだ、つまらないといったような僕の顔をみて、梶井はさらに説明した。

「君も知っているだろう。僕の庭の隅に、大きい欅《けやき》が二本立っていて、その周りにはいろいろの雑木《ぞうき》が藪のように生い茂っている。その欅の下に小さい稲荷の社《やしろ》がある。」

「むむ、知っている。よほど古い。もう半分ほど毀《こわ》れかかっている社だろう。あの縁の下から蛇が出たのか。」

「三尺ぐらいの灰色のような蛇だ。」

「三尺ぐらい……。小さいじゃないか。」と、僕はまた笑った。「ここらには一間ぐらいのがたくさんいるよ。」

「いや、蛇ばかりじゃないんだ。まあ、早く来て見たまえ。」

梶井がしきりに催促するので、僕も何事かと思ってついて行くと、広い庭には草が荒れて、雑木や灌木《かんぼく》がまったく藪のように生い茂っている。その庭の隅の大きい欅の下に十人あまりの植木屋があつまって、何かわやわや騒いでいた。梶井の父も庭下駄をはいて立っていた。

この社は、前の持主《もちぬし》の時代からここに祭られてあったのだが、もう大変にいたんでいるのと、新しい持主は稲荷さまなどというものに対してちっとも尊敬心を抱いていないのとで、庭の手入れをするついでに取毀すことになった。いや、別に取毀すというほどの手間はかからない。大の男が両手をかけて一つ押せば、たちまち崩れてしまいそうな、古い小さな社であった。それでも職人が三、四人あつまって、いよいよその社を取毀すことになった時、ふと気がついてみると、その社の前の低い鳥居には「十三夜稲荷」としるした額《がく》がかけてある。稲荷さまにもいろいろあるが、十三夜稲荷というのは珍しい。それを聞いて、梶井は父と母と一緒に行ってみると、古びた額の文字は確かに十三夜稲荷と読まれた。

妙な稲荷だと梶井の父も言った。一体どんなものが祭ってあるかと、念のために社のなかを検《あらた》めさせると、小さい白木の箱が出た。箱には錠がおろしてあって、それがもう錆《さび》ついているのを叩きこわしてみると、箱の底には一封の書き物と女の黒髪とが秘めてあった。その書き物の文字はいちいち正確には記憶していないが、大体こんなことが書いてあったのだ。

当家の妾たまと申す者、家来と不義のこと露顕いたし候間《あいだ》、後《のち》の月見の夜、両人ともに成敗《せいばい》を加え候ところ、女の亡魂さまざまの祟りをなすに付、その黒髪をここにまつりおき候事。

昔の旗本屋敷などには往々こんな事があったそうだが、その亡魂が祟りをなして、ともかくも一社の神として祭られているのは少ないようだ。そう判ってみると、職人たちも少し気味が悪くなった。しかし梶井の父というのはいわゆる文明開化の人であったから、ただ一笑に付したばかりで、その書き物も黒髪もそこらに燃えている焚火のなかへ投げ込ませようとしたのを、細君は女だけにまず遮《さえぎ》った。それから社を取りくずすと、縁の下には一匹の灰色の蛇がわだかまっていて、人々はあれあれというちに、たちまち藪のなかへ姿をかくしてしまった。

蛇はそれぎり行くえ不明になったが、かの書きものと黒髪は残っている。梶井の母はそれを自分の寺へ送って、回向《えこう》をした上で墓地の隅に葬ってもらうことにしたいと言っていた。梶井が僕をよびに来たのは、それを見せたいためであることが判った。一種の好奇心が手伝って、僕もその黒髪と書きものとを一応見せてもらったが、その当時の僕には唯こんなものかと思ったばかりで、格別になんという考えも浮かばなかった。亡魂が祟りをなすなどは、もちろん信じられなかった。僕は梶井の父以上に文明開化の少年であった。

書きものに「後の月見の夜」とあるから、おそらく九月十三夜の月見の宴でも開いている時、おたまという妾が家来のなにがしと密会しているのを主人に発見されて、その場で成敗されたのであろう。その命日が十三夜であるので、十三夜稲荷と呼ぶことになったらしい。以前の持主の本多は先祖代々この屋敷に住んでいたのだから、幾代か前の主人の代に、こういう事件があったものと思われる。鳥居の柱に、安政三年再建と彫ってあるのをみると、安政二年の地震に倒れたのを翌年再建したのではあるまいか。

それからさかのぼって考えると、この事件はよほど遠い昔のことでなければならないと、梶井はいろいろの考証めいたことを言っていたが、僕はあまり多く耳を仮さなかった。こんなことはどうでもいいと思っていた。したがって、その黒髪や書きものが果して寺へ送られたか、あるいは焚火の灰となったか、その後の処分について別に聞いたこともなかった。

さて、これだけのことならば、単にこんな事があったという昔話に過ぎないのだが、まだその後談があるので、文明開化の僕もいささか考えさせられることになったのだ。

梶井はあまり健康な体質ではないので、学校もとかく休みがちで、僕よりも一年おくれて卒業した。それから医者になるつもりで湯島の済生学舎にはいった。そのころの済生学舎は実に盛んなもので、あの学校を卒業して今日《こんにち》開業している医者は全国で幾万にのぼるとかいうことだが、あのなかには放蕩者も随分いて、よし原で心中する若い男には済生学舎の学生という名をしばしば見た。梶井もその一人で、かれは二十二の秋、吉原のある貸座敷で娼妓とモルヒネ心中を遂げてしまった。ひとり息子で、両親も可愛がっていたし、金に困るようなこともなし、なぜ心中などを企てたのか、それがわからない。しいていえば、病身を悲観したのか。あるいは女の方から誘われたのか。まずそんな解釈をくだすよりほかはなかった。

僕が梶井の家《うち》へ悔みに行くと、彼の母は泣きながら話した。

「なぜ無分別なことをしたのか、ちっとも判りません。よくよく聞いてみますと、その相手の女というのは、以前この屋敷に住んでいた本多という人の娘だそうです。沼津へ引っ込んでから、いよいよ都合が悪くなって、ひとりの娘を吉原へ売ることになったのだということですが、せがれはそれを知っていましたかどうですか。」

「なるほど不思議な縁ですね。梶井君は無論知っていたでしょう。知っていたので、両方がいよいよ一種の因縁を感じたという訳ではないでしょうか。」と、僕は言った。「それにしても、梶井君が家を出て行くときに、今から考えて何か思いあたるような事はなかったでしょうか。わたくしなどは本当に突然でおどろきましたが……。」

「当日は学校をやすみまして、午後からふらりと出て行きました。そのときに、お母さん、今夜は旧の十三夜ですねと言って、庭のすすきをひとたば折って行きましたが、大かたお友達のところへでも持って行くのだろうと思って、別に気にも止めませんでした。あとで聞きますと、ふたりで死んだ座敷の床の間にはすすきが生けてあったそうです。」

十三夜――文明開化の僕のあたまも急にこぐらかって来た。

その翌年が日清戦争だ。梶井の父は軍需品の売込みか何かに関係して、よほど儲けたという噂であったが、戦争後の事業勃興熱に浮かされて、いろいろの事業に手を出したところが、どれもこれも運が悪く、とうとう自分の地所も人手にわたして、気の毒な姿でどこへか立去ってしまいました。

オツベルと象

宮沢賢治

……ある牛飼《うしか》いがものがたる

第一日曜

オツベルときたら大したもんだ。稲扱《いねこき》器械の六台も据《す》えつけて、のんのんのんのんのんのんと、大そろしない音をたてたてやっている。

十六人の百姓《ひゃくしょう》どもが、顔をまるっきりまっ赤にして足で踏《ふ》んで器械をまわし、小山のように積まれた稲を片っぱしから扱《こ》いて行く。藁《わら》はどんどんうしろの方へ投げられて、また新らしい山になる。そこらは、籾《もみ》や藁から発《た》ったこまかな塵《ちり》で、変にぼうっと黄いろになり、まるで沙漠《さばく》のけむりのようだ。

そのうすくらい仕事場を、オツベルは、大きな琥珀《こはく》のパイプをくわえ、吹殻《ふきがら》を藁に落さないよう、眼《め》を細くして気をつけながら、両手を背中に組みあわせて、ぶらぶら往《い》ったり来たりする。

小屋はずいぶん頑丈《がんじょう》で、学校ぐらいもあるのだが、何せ新式稲扱器械が、六台もそろってまわってるから、のんのんのんのんふるうのだ。中にはいるとそのために、すっかり腹が空《す》くほどだ。そしてじっさいオツベルは、そいつで上手に腹をへらし、ひるめしどきには、六寸ぐらいのビフテキだの、雑巾《ぞうきん》ほどあるオムレツの、ほくほくしたのをたべるのだ。

とにかく、そうして、のんのんのんのんのんやっていた。

そしたらそこへどういうわけか、その、白象がやって来た。白い象だぜ、ペンキを塗《ぬ》ったのでないぜ。どういうわけで来たかって？　そいつは象のことだから、たぶんぶらっと森を出て、ただなにとなく来たのだろう。

そいつが小屋の入口に、ゆっくり顔を出したとき、百姓どもはぎょっとした。なぜぎょっとした？　よくきくねえ、何をしだすか知れないじゃないか。かかり合っては大へんだから、どいつもみな、いっしょうけんめい、じぶんの稲を扱いていた。

ところがそのときオツベルは、ならんだ器械のうしろの方で、ポケットに手を入れながら、ちらっと鋭《するど》く象を見た。それからすばやく下を向き、何でもないというふうで、いままでどおり往ったり来たりしていたもんだ。

するとこんどは白象が、片脚床《かたあしゆか》にあげたのだ。百姓どもはぎょっとした。それでも仕事が忙《いそが》しいし、かかり合ってはひどいから、そっちを見ずに、やっぱり稲を扱いていた。

オツベルは奥《おく》のうすくらいところで両手をポケットから出して、も一度ちらっと象を見た。それからいかにも退屈《たいくつ》そうに、わざと大きなあくびをして、両手を頭のうしろに組んで、行ったり来たりやっていた。ところが象が威勢《いせい》よく、前肢《まえあし》二つつきだして、小屋にあがって来ようとする。百姓どもはぎくっとし、オツベルもすこしぎょっとして、大きな琥珀のパイプから、ふっとけむりをはきだした。それでもやっぱりしらないふうで、ゆっくりそこらをあるいていた。

そしたらとうとう、象がのこのこ上って来た。そして器械の前のとこを、呑気《のんき》にあるきはじめたのだ。

ところが何せ、器械はひどく廻《まわ》っていて、籾《もみ》は夕立か霰《あられ》のように、パチパチ象にあたるのだ。象はいかにもうるさいらしく、小さなその眼を細めていたが、またよく見ると、たしかに少しわらっていた。

オツベルはやっと覚悟《かくご》をきめて、稲扱《いねこき》器械の前に出て、象に話をしようとしたが、そのとき象が、とてもきれいな、鶯《うぐいす》みたいないい声で、こんな文句を云《い》ったのだ。

「ああ、だめだ。あんまりせわしく、砂がわたしの歯にあたる。」

まったく籾は、パチパチパチパチ歯にあたり、またまっ白な頭や首にぶっつかる。

さあ、オツベルは命懸《いのちが》けだ。パイプを右手にもち直し、度胸を据えて斯《こ》う云った。

「どうだい、此処《ここ》は面白《おもしろ》いかい。」

「面白いねえ。」象がからだを斜《なな》めにして、眼を細くして返事した。

「ずうっとこっちに居たらどうだい。」

百姓どもははっとして、息を殺して象を見た。オツベルは云ってしまってから、にわかにがたがた顫《ふる》え出す。ところが象はけろりとして

「居てもいいよ。」と答えたもんだ。

「そうか。それではそうしよう。そういうことにしようじゃないか。」オツベルが顔をくしゃくしゃにして、まっ赤になって悦《よろこ》びながらそう云った。

どうだ、そうしてこの象は、もうオツベルの財産だ。いまに見たまえ、オツベルは、あの白象を、はたらかせるか、サーカス団に売りとばすか、どっちにしても万円以上もうけるぜ。

第二日曜

オツベルときたら大したもんだ。それにこの前稲扱小屋で、うまく自分のものにした、象もじっさい大したもんだ。力も二十馬力もある。第一みかけがまっ白で、牙《きば》はぜんたいきれいな象牙《ぞうげ》でできている。皮も全体、立派で丈夫《じょうぶ》な象皮なのだ。そしてずいぶんはたらくもんだ。けれどもそんなに稼《かせ》ぐのも、やっぱり主人が偉《えら》いのだ。

「おい、お前は時計は要《い》らないか。」丸太で建てたその象小屋の前に来て、オツベルは琥珀のパイプをくわえ、顔をしかめて斯う訊《き》いた。

「ぼくは時計は要らないよ。」象がわらって返事した。

「まあ持って見ろ、いいもんだ。」斯う言いながらオツベルは、ブリキでこさえた大きな時計を、象の首からぶらさげた。

「なかなかいいね。」象も云う。

「鎖《くさり》もなくちゃだめだろう。」オツベルときたら、百キロもある鎖をさ、その前肢にくっつけた。

「うん、なかなか鎖はいいね。」三あし歩いて象がいう。

「靴《くつ》をはいたらどうだろう。」

「ぼくは靴などはかないよ。」

「まあはいてみろ、いいもんだ。」オツベルは顔をしかめながら、赤い張子の大きな靴を、象のうしろのかかとにはめた。

「なかなかいいね。」象も云う。

「靴に飾《かざ》りをつけなくちゃ。」オツベルはもう大急ぎで、四百キロある分銅を靴の上から、穿《は》め込んだ。

「うん、なかなかいいね。」象は二あし歩いてみて、さもうれしそうにそう云った。

次の日、ブリキの大きな時計と、やくざな紙の靴とはやぶけ、象は鎖と分銅だけで、大よろこびであるいて居《お》った。

「済まないが税金も高いから、今日はすこうし、川から水を汲《く》んでくれ。」オツベルは両手をうしろで組んで、顔をしかめて象に云う。

「ああ、ぼく水を汲んで来よう。もう何ばいでも汲んでやるよ。」

象は眼を細くしてよろこんで、そのひるすぎに五十だけ、川から水を汲んで来た。そして菜っ葉の畑にかけた。

　夕方象は小屋に居て、十把《ぱ》の藁《わら》をたべながら、西の三日の月を見て、

「ああ、稼《かせ》ぐのは愉快《ゆかい》だねえ、さっぱりするねえ」と云っていた。

「済まないが税金がまたあがる。今日は少うし森から、たきぎを運んでくれ」オツベルは房《ふさ》のついた赤い帽子《ぼうし》をかぶり、両手をかくしにつっ込んで、次の日象にそう言った。

「ああ、ぼくたきぎを持って来よう。いい天気だねえ。ぼくはぜんたい森へ行くのは大すきなんだ」象はわらってこう言った。

　オツベルは少しぎょっとして、パイプを手からあぶなく落としそうにしたがもうあのときは、象がいかにも愉快なふうで、ゆっくりあるきだしたので、また安心してパイプをくわえ、小さな咳《せき》を一つして、百姓どもの仕事の方を見に行った。

　そのひるすぎの半日に、象は九百把たきぎを運び、眼を細くしてよろこんだ。

　晩方象は小屋に居て、八把の藁をたべながら、西の四日の月を見て
「ああ、せいせいした。サンタマリア」と斯《こ》うひとりごとしたそうだ。

　その次の日だ、

「済まないが、税金が五倍になった、今日は少うし鍛冶場《かじば》へ行って、炭火を吹《ふ》いてくれないか」

「ああ、吹いてやろう。本気でやったら、ぼく、もう、息で、石もなげとばせるよ」

オツベルはまたどきっとしたが、気を落ち付けてわらっていた。

象はのそのそ鍛冶場へ行って、べたんと肢を折って座《すわ》り、ふいごの代りに半日炭を吹いたのだ。

その晩、象は象小屋で、七把《わ》の藁をたべながら、空の五日の月を見て
「ああ、つかれたな、うれしいな、サンタマリア」と斯う言った。

どうだ、そうして次の日から、象は朝からかせぐのだ。藁も昨日はただ五把だ。よくまあ、五把の藁などで、あんな力がでるもんだ。

じっさい象はけいざいだよ。それというのもオツベルが、頭がよくてえらいためだ。オツベルときたら大したもんさ。

第五日曜

オツベルかね、そのオツベルは、おれも云おうとしてたんだが、居なくなったよ。

まあ落ちついてききたまえ。前にはなしたあの象を、オツベルはすこしひどくし過ぎた。しかたがだんだんひどくなったから、象がなかなか笑わなくなった。時には赤い竜《りゅう》の眼をして、じっとこんなにオツベルを見おろすようになってきた。

ある晩象は象小屋で、三把の藁をたべながら、十日の月を仰《あお》ぎ見て、

「苦しいです。サンタマリア。」と云ったということだ。

こいつを聞いたオツベルは、ことごと象につらくした。

ある晩、象は象小屋で、ふらふら倒《たお》れて地べたに座り、藁もたべずに、十一日の月を見て、

「もう、さようなら、サンタマリア。」と斯う言った。

「おや、何だって？　さよならだ？」月が俄《にわ》かに象に訊《き》く。

「ええ、さよならです。サンタマリア。」

「何だい、なりばかり大きくて、からっきし意気地《いくじ》のないやつだなあ。仲間へ手紙を書いたらいいや。」月がわらって斯う云った。

「お筆も紙もありませんよう。」象は細うい きれいな声で、しくしくしくしく泣き出した。

「そら、これでしょう。」すぐ眼の前で、可愛《かあい》い子どもの声がした。象が頭を上げて見ると、赤い着物の童子が立って、硯《すずり》と紙を捧《ささ》げていた。象は早速手紙を書いた。

「ぼくはずいぶん眼にあっている。みんなで出て来て助けてくれ。」

童子はすぐに手紙をもって、林の方へあるいて行った。

赤衣《せきい》の童子が、そうして山に着いたのは、ちょうどひるめしごろだった。このとき山の象どもは、沙羅樹《さらじゅ》の下のくらがりで、碁《ご》などをやっていたのだが、額をあつめてこれを見た。

「ぼくはずいぶん眼にあっている。みんなで出てきて助けてくれ。」

　象は一せいに立ちあがり、まっ黒になって吠《ほ》えだした。

「オツベルをやっつけよう」議長の象が高く叫《さけ》ぶと、

「おう、でかけよう。グララアガア、グララアガア。」みんながいちどに呼応する。

　さあ、もうみんな、嵐《あらし》のように林の中をなきぬけて、グララアガア、グララアガア、野原の方へとんで行く。どいつもみんなきちがいだ。小さな木などは根こぎになり、藪《やぶ》や何かもめちゃめちゃだ。グワア　グワア　グワア、花火みたいに野原の中へ飛び出した。それから、何の、走って、走って、とうとう向うの青くかすんだ野原のはてに、オツベルの邸《やしき》の黄いろな屋根を見附《みつ》けると、象はいちどに噴火《ふんか》した。

　グララアガア、グララアガア。その時はちょうど一時半、オツベルは皮の寝台《しんだい》の上でひるねのさかりで、烏《からす》の夢《ゆめ》を見ていたもんだ。あまり大きな音なので、オツベルの家の百姓どもが、門から少し外へ出て、小手をかざして向うを見た。林のような象だろう。汽車より早くやってくる。さあ、まるっきり、血の気も失せてかけ込《こ》んで、

「旦那《だんな》あ、象です。押し寄せやした。旦那あ、象です。」と声をかぎりに叫んだもんだ。

　ところがオツベルはやっぱりえらい。眼をぱっちりとあいたときは、もう何もかもわかっていた。

「おい、象のやつは小屋にいるのか。居る？　居る？　居るのか。よし、戸をしめろ。戸をしめる

んだよ。早く象小屋の戸をしめるんだ。ようし、早く丸太を持って来い。とじこめちまえ、畜生《ちくしょう》めじたばたしやがるな、丸太をそこへしばりつけろ。何ができるもんか。わざと力を減らしてあるんだ。ようし、もう五六本持って来い。さあ、大丈夫だ。大丈夫だとも。あわてるなったら。おい、みんな、こんどは門だ。門をしめろ。かんぬきをかえ。つっぱり。つっぱり。そうだ。おい、みんな心配するなったら。しっかりしろよ。」オツベルはもう支度《したく》ができて、ラッパみたいないい声で、百姓どもをはげました。ところがどうして、百姓どもは気が気じゃない。こんな主人に巻き添《ぞ》いなんぞ食いたくないから、みんなタオルやはんけちや、よごれたような白いようなものを、ぐるぐる腕《うで》に巻きつける。降参をするしるしなのだ。

オツベルはいよいよやっきとなって、そこらあたりをかけまわる。オツベルの犬も気が立って、火のつくように吠《ほ》えながら、やしきの中をはせまわる。

間もなく地面はぐらぐらとゆられ、そこらはばしゃばしゃくらくなり、象はやしきをとりまいた。グララアガア、グララアガア、その恐《おそ》ろしいさわぎの中から、

「今助けるから安心しろよ。」やさしい声もきこえてくる。

「ありがとう。よく来てくれて、ほんとに僕《ぼく》はうれしいよ。」象小屋からも声がする。さあ、そうすると、まわりの象は、一そうひどく、グララアガア、グララアガア、塀《へい》のまわりをぐるぐる走っているらしく、度々中から、怒《おこ》ってふりまわす鼻も見える。けれども塀はセメントで、中には鉄も入っ

ているから、なかなか象もこわせない。塀の中にはオツベルが、たった一人で叫んでいる。百姓どもは眼もくらみ、そこらをうろうろするだけだ。そのうち外の象どもは、仲間のからだを台にして、いよいよ塀を越《こ》しかかる。だんだんにゅうと顔を出す。その皺《しわ》くちゃで灰いろの、大きな顔を見あげたとき、オツベルの犬は気絶した。さあ、オツベルは射《う》ちだした。六連発のピストルさ。ドーン、グララアガア、ドーン、グララアガア、ドーン、グララアガア、ところが弾丸《たま》は通らない。牙《きば》にあたればはねかえる。一疋《ぴき》なぞは斯《こ》う言った。

「なかなかこいつはうるさいねえ。ぱちぱち顔へあたるんだ。」

オツベルはいつかどこかで、こんな文句をきいたようだと思いながら、ケースを帯からつめかえた。そのうち、象の片脚が、塀からこっちへはみ出した。それからも一つはみ出した。五匹の象が一ぺんに、塀からどっと落ちて来た。オツベルはケースを握ったまま、もうくしゃくしゃに潰《つぶ》れていた。早くも門があいていて、グララアガア、グララアガア、象がどしどしなだれ込む。

「牢《ろう》はどこだ。」みんなは小屋に押し寄せる。丸太なんぞは、マッチのようにへし折られ、あの白象は大へん瘠《や》せて小屋を出た。

「まあ、よかったねやせたねえ。」みんなはしずかにそばにより、鎖と銅をはずしてやった。

「ああ、ありがとう。ほんとにぼくは助かったよ。」白象はさびしくわらってそう云った。

おや、川へはいっちゃいけないったら。

手紙　夏目漱石

一

モーパサンの書いた「二十五日間」と題する小品には、ある温泉場の宿屋へ落ちついて、着物や白シャツを衣装棚《いしょうだな》へしまおうとする時に、そのひきだしをあけてみたら、中から巻いた紙が出たので、何気なく引き延ばして読むと「私の二十五日《メヴァサンジュール》」という標題が目に触れたという冒頭が置いてあって、その次にこの無名式のいわゆる二十五日間が一字も変えぬ元の姿で転載された体になっている。プレヴォーの「不在」という端物《はもの》の書き出しには、パリーのある雑誌に寄稿の安受け合いをしたため、ドイツのさる避暑地へ下りて、そこの宿屋の机かなにかの上で、しきりに構想に悩みながら、なにか種はないかというふうに、机のひきだしをいちいちあけてみると、最終の底から思いがけなく手紙が出てきたとあって、これにもその手紙がそっくりそのまま出してある。

二つともよく似た趣向なので、あるいは新しいほうが古い人のやったあとを踏襲したのではなかろうかという疑いさえさしはさめるくらいだが、それは自分にはどうでもよろしい。ただ自分もつい近ごろ、これと同様の経験をしたことがある。そのせいか今まではなるほど小説家だけあってうまくこしらえるなとばかり感心していたのが、それ以後実際世の中にはずいぶん似たことがたくさんあるものだという気になって、むしろ偶然の重複に咏嘆《えいたん》するような心持ちがいくぶんかあるので、つい二人の作をここに並べてあげたくなったのである。

もっともモーパサンのは標題の示すごとく、逗留《とうりゅう》二十五日間の印象記という種類に属すべきもので、プレヴォーのは滞在ちゅうの女客《おんなきゃく》にあてたなまめかしい男の文《ふみ》だから、双方とも無名氏の文字それ自身が興味の眼目である。自分の経験もやはりふとした場所で意外な手紙の発見をしたということにはなるが、それが導火線になって、思いがけなくある実際上の効果を収めえたのであるから、手紙そのものにはそれほど興味がない。少なくとも、小説的な情調のもとに、それを読みえなかった自分にはそういう興味はなかった。そこが前にあげたフランスの二作家と違うところで、そこがまた彼らよりも散文的な自分をして、彼らの例にならって、その手紙をこの話の中心として、一字残らず写さしめなかった原因になる。

手紙は疑いもなく宿屋で発見されたのである。場所もほとんどフランスの作家の筆にしたところとほとんど変わりはない。けれどもどうしてかどんな手紙をとかいう問いに答えるためには、それを発見した当時から約一週間ほどまえにさかのぼって説明する必要がある。

いよいよK市へ立つという前の晩になって、妻《さい》がちょうどいいついでだから、帰りに重吉《じゅうきち》さんのところへ寄っていらっしゃい、そうして重吉さんに会って、あのことをもっとはっきりきめていらっしゃい。なんだか紙鳶《たこ》が木の枝へ引っかかっていながら、途中で揚がってるような気がしていけませんからと言った。重吉のことは自分も同感であった。それにしても妻によくこんな気のきいた言葉が使えると思って、お前誰かに教わったのかいと、なにも答えないさきに、まず冗談半分の疑いをほのめかしてみた。すると妻は存外まじめきった顔つきで、なにをですと問い返した。開き直ったというほどでもないが、こっちの意味が通じなかったことだけはたしかなようにみえたから、自分は紙鳶《たこ》の話はそれぎりにして、直接重吉のことを談合した。

重吉というのは自分の身内とももやっかいものともかたのつかない一種の青年であった。一時は自分の家《うち》に寝起きをしてまで学校へ通ったくらい関係は深いのであるが、大学へはいって以来下宿したぎり、四年の課程を終わるまで、とうとう家へは帰らなかった。もっとも別に疎遠になったというわけではない、日曜や土曜もしくは平日でさえ気に向いた時はやって来て長く遊んでいった。元来が鷹揚《おうよう》なたちで、素直に男らしく打ちくつろいでいるようにみえるのが、持って生まれたこの人の得であった。それで自分も妻もはなはだ重吉を好いていた。重吉のほうでも自分らを叔父《おじ》さん叔母《おば》さんと呼んでいた。

二

重吉は学校を出たばかりである。そうして出るやいなやすぐいなかへ行ってしまった。なぜそんな所へ行くのかと聞いたら別にたいした意味もないが、ただ口を頼んでおいた先輩が、行ったらどうだと勧めるからその気になったのだと答えた。それにしてもHはあんまりじゃないか、せめて大阪とか名古屋とかなら地方でも仕方がないけれどもと、自分は当人がすでにきめたというにもかかわらず一応彼のＨ行《ゆき》に反対してみた。その時重吉はただにやにや笑っていた。そうして今急にあすこに欠員ができて困ってるというから、当分の約束で行くのです、じきまた帰ってきますと、あたかも未来が自分のかってになるようなものの言い方をした。自分はその場で重吉の「また帰ってきます」を「帰ってくるつもりです」に訂正してやりたかったけれどもそう思い込んでいるものの心を、無益にざわつかせる必要もないからそれはそれなりにしておいて、じゃあのことはどうするつもりだと尋ねた。「あのこと」は今までの行きがかり上、重吉の立つまえにぜひとも聞いておかなければならない問題だったからである。すると重吉は別に気にかける様子もなく、万事貴方《あなた》にお任せするからよろしく願いますと言ったなり、平気でいた。刺激に対して急劇な反応を示さないのはこの男の天分であるが、それにしても彼の年齢と、この問題の性質から一般的に見たところで、重吉の態度はあまり冷静すぎて、定量未満の興味しかもちえないというふうに思われた。自分は少し不審をいだいた。

元来自分と妻《さい》と重吉の間にただ「あのこと」として一種の符牒《ふちょう》のように通用しているのは、実をいうと、彼の縁談に関する件であった。卒業の少し前から話が続いているので、自分たちだけには単なる「あのこと」でいっさいの経過が明らかに頭に浮かむせいか、べつだん改まって相手の名前などは口へ出さないで済ますことが多かったのである。

女は妻の遠縁に当たるものの次女であった。その関係でときどき自分の家に出はいるところからしぜん重吉とも知り合いになって、会えば互いに挨拶《あいさつ》するくらいの交際が成立した。けれども二人《ふたり》の関係はそれ以上に接近する機会も企てもなく、ほとんど同じ距離で進行するのみにみえた。そうして二人ともそれ以上に何物をも求むる気色がなかった。要するに二人の間は、年長者の監督のもとに立つある少女と、まだ修業ちゅうの身分を自覚するある青年とが一種の社会的な事情から、互いと顔を見合わせて、礼儀にもとらないだけの応対をするにすぎなかった。

だから自分は驚いたのである。重吉があがらずせまらず、常と少しも違わない平面な調子で、あの人を妻《さい》にもらいたい、話してくれませんかと言った時には、君ほんとうかと実際聞き返したくらいであった。自分はすぐ重吉の挙止動作がふだんにたいていはまじめであるごとく、この問題に対してもまたまじめであるのを発見した。そうして過渡期の日本の社会道徳にそむいて、私の歩を相互に進めることなしに、意志の重みをはじめから監督者たる父母に寄せかけた彼の行ないぶりを快く感じた。そこで彼の依頼を引き受けた。

さっそく妻をやって先方へ話をさせてみると、妻は女の母の挨拶だといって、妙な返事をもたらした。金はなくってもかまわないから道楽をしない保証のついた人でなければやらないというのである。そうしてなぜそんな注文を出すのか、いわれが説明としてその返事に伴っていた。

女には一人の姉があって、その姉は二、三年まえすでにある資産家のところへ嫁に行った。今でも行っている。世間並みの夫婦として別にひとの注意をひくほどの波瀾《はらん》もなく、まず平穏に納まっているから、人目にはそれでさしつかえないようにみえるけれども、姉娘の父母はこの二、三年のあいだに、苦々しい思いをたえず陰でなめさせられたのである。そのすべては娘のかたづいた先の夫の不身持ちから起こったのだといえばそれまでであるが、父母だって、娘の亭主を、業務上必要のつきあいから追い出してまで、娘の権利と幸福を庇護《ひご》しようと試みるほどさばけない人たちではなかった。

三

実をいうと、父母ははじめからそれを承知のうえで娘を嫁にやったのである。それのみか、腕ききの腕を最も敏活に働かすという意味に解釈した酒と女は、仕事のうえに欠くべからざる交際社会の必要条件とまで認めていた。それだのに彼らはやがて眉《まゆ》をひそめなければならなくなってきた。かねてじょうぶであった娘の健康が、嫁にいってしばらくすると、目につくように衰えだした時に、彼らはもう相応に胸を傷めた。娘に会うたびに母親はどこか悪くはないかと聞いた。娘はただ微笑して、べつだんなんともないとばかり答えていた。けれどもその血色はしだいにあおくなるだけであった。そうしてしまいにはとうとう病気だということがわかった。しかもその病気があまりたちのよいものではないということがわかった。なおよく探究すると、公に言いにくい夫の疾《やまい》がいつのまにか妻に感染したのだということまでわかった。父母の懸念が道徳上の着色を帯びて、好悪の意味で、娘の夫に反射するようになったのはこの時からである。彼らは気の毒な長女を見るにつけて、これから嫁にやる次女の夫として、姉のそれと同型の道楽ものを想像するにたえなくなった。それで金はなくてもかまわないから、どうしても道楽をしない保険付きの堅い人にもらってもらおうと、夫婦の間に相談がまとまったのである。

自分の妻《さい》は先方から聞いてきたとおりをこういうふうに詳しくくりかえして自分に話したのち、重吉さんならまちがいはなかろうと思うんですが、どうでしょうと言った。自分はただそうさと答えたまま、畳の上を見つめていた。すると妻はやや疑ぐったような調子で、重吉さんでも道楽をするんでしょうかと聞いた。

「まあだいじょうぶだろうよ」

「まあじゃ困るわ。ほんとうにだいじょうぶでなくっちゃ。だってもしか、嘘《うそ》でもついたら、私すまないんですもの。私ばかしじゃない、貴方《あなた》だって責任がおありじゃありませんか」

こう言われてみるとなるほど先方へいいかげんな返事をするのもいかがなものである。といって、あの重吉が遊ぶとは、どうしても考えられない。むろん彼のようすにはじじむさいとか無骨すぎるとか、すべて粋《いき》の裏へ回るものは一つもなかった。けれども全面が平たく尋常にでき上がっているせいか、どことさして、ここが道楽くさいという点もまたまるで見当たらなかった。自分は妻といろいろ話した末、こう言った。

「まあたいていよかろうじゃないか。道楽のほうは受け合いますと言っといでよ」

「道楽のほうって――。しないほうをでしょう」

「あたりまえさ。するほうを受け合っちゃたいへんだ」

妻はまた先方へ行って、けっして道楽をするような男じゃございませんと受け合った。話はそれから発展しはじめたのである。重吉が地方へ行くと言いだした時には、それがずっと進行して、もう十の九まではまとまっていた。自分は重吉のHへ立つまえに、わざわざ先方へ出かけて行って、父母の同意を求めたうえで重吉を立たせた。

重吉とお静《しず》さんとの関係はそこまで行って、ぴたりととまったなり今日に至ってまだ動かずにいる。もっとも自分はそれほど気にもかからない、今にどっちからか動きだすだろう、万事はその時のことと覚悟をきめていたが、妻は女だけに心配して、このあいだも長い手紙を重吉にやって、いったいあのことはどうなさるつもりですかと尋ねたら、重吉は万事よろしく願いますと例のとおりの返事をよこした。そのまえ聞き合わせた時には、私はまだ道楽を始めませんから、だいじょうぶですというはがきが来た。妻はそのはがきを自分のところへ持ってきて、重吉さんもずいぶんのんきね、まだ始めませんって、いまに始められたひにゃ、だいじょうぶでもなんでもないじゃありませんか、冗談じゃあるまいし、と少しおこったような語気をもらした。自分にも重吉の用いたこのまだという字がいかにもおかしく思われた。妻に、当人本気なのかなと言ったくらいである。

妻が評したごとく、こういうふうに、いつまでも、紙鳶《たこ》が木の枝に引っかかって中途から揚がっているようなありさまでおしてゆかれては間へはいった自分たちの責任としても、しまいには放っておかれなくなるのは明らかだから、今度の旅行を幸い、帰りにHへ寄って、いわゆる「あのこと」をもっとはっきりかたづけてきたらよかろうという妻の意見に従うことにきめて家を出た。

四

汽車中では重吉の地方生活をいろいろに想像する暇もあったが、目的地へ下りるやいなや、すぐ当用のために忙殺《ぼうさつ》されて、「あのこと」などはほとんど考えもしなかった。ようよう四、五日かかって、一段落がついた時、自分はまた汽車に揺られながら、まだ見ないHの町や、その町の中にある重吉の下宿している旅館などを、頭の奥に漂う画《え》のようにながめた。もとよりものずきのさせるわざだから、煙草《たばこ》の煙《けぶり》に似て、取り留めることのできないうちに、また煙草の煙に似た淡い愉快があった。とかくするうちに汽車はとうとうHへ着いた。

自分はすぐ俥《くるま》を雇って、重吉のいる宿屋の玄関へ乗りつけた。番頭にここに佐野という人が下宿しているはずだがと聞くと番頭はおじぎを二つばかりして、佐野さんは先だってまでおいでになりましたが、ついこのあいだお引き移りになりましたと言う。けしからんことだと思いながらも、なお引っ越し先の模様を尋ねてみると、とうてい自分などの行って、一晩でも二晩でもやっかいになれそうな所ではないらしい。いっそここへ泊まるほうが楽だろうと思って、じゃあいたへやへ案内してくれと言うと、番頭はまたおじぎを一つして、まことにお気の毒さまでございますが、招魂祭でどのへやもふさがっておりますのでとていねいに断わった。自分は傘《かさ》を突いたまましばらく玄関の前に立っていた。正式にいうと、あらかじめ重吉に通知をしたうえ、なおH着の時間を電報で言ってやるべきであるが、なるべくお互いの面倒《めんどう》を省いて簡略に事を済ますのが当世だと思って、わざと前触れなしに重吉を襲ったのであるが、いよいよ来てみると、自分のやり口はただの不注意から、出る不都合な結果を、自分のうえに投げかけたと同じことになってしまった。

自分はHにどんな宿屋が何軒あるかまるで知らなかったが、この旅館がそのうちでいちばんよいのだということだけは、かねて受け取った重吉の手紙によって心得ていた。なるほど奥をのぞいてみると、廊下が折れ曲がったり、中庭の先に新しい棟《むね》が見えたりして、さも広そうでかつ物綺麗《ものぎれい》であった。自分は番頭にどこか都合ができるだろうと言った。番頭は当惑したような顔をして、しばらく考えていたが、はなはだ見苦しい所で、一夜泊《いちやどま》りのお客様にはお気の毒でございますが、佐野さんのいらしったお座敷なら、どうかいたしましょうと答えた。その口ぶりから察すると、なんでもよほどきたない所らしいので、また少し躊躇《ちゅうちょ》しかけたが、もとよりこの地へ来て体裁を顧みる必要もない身だから、一晩や二晩はどんなへやで明かしたってかまわないという気になって、このあいだまで重吉のいたというそのへやへ案内してもらった。

へやは第一の廊下を右へ折れて、そこの縁側から庭下駄《にわげた》をはいて、二足三足たたきの上を渡らなければはいれない代わりにどことも続いていないところが、まるで一軒立ちの観を与えた。天井の低いのや柱の細いのが、さも茶がかった空気を作るとともに、いかにも湿っぽい陰気な感じがした。そうして畳といわず襖《ふすま》といわずはなはだしく古びていた。向こうの藤棚《ふじだな》の陰に見える少し出張《でば》った新築の中二階などとくらべると、まるで比較にならないほど趣が違っていた。

「こんな所にはいっていたのか」と思いながら、自分は茶をのんでしばらく座敷を見回していたが、やがて硯《すずり》を借りて、重吉の所へやる手紙を書いた。ただ簡単にK市へ用があって来たついでにここへ寄ったから、すぐ来いというだけにとどめた。それから湯にはいって出ると、もう食事の時間になった。自分はなるべく重吉といっしょに晩飯を食おうと思って、煙草を何本も吹かしながら、彼の来るのを心待ちに待っているうちに、向こうの中二階に電気燈がついて、にぎやかな人声が聞こえだした。自分はとうとう待ち切れず一人膳《ひとりぜん》に向かった。給仕に出た女が、招魂祭でどこの宿屋でもこみ合っているとか、町ではいろいろの催しがあるとか、佐野さんも今晩はきっとどこかへお呼ばれなすったんでしょうとか言うのを聞きながら、ビールを一、二はいのんだ。下女は重吉のことをおとなしいよいかただと言った。女にほれられるかと聞いたら、えへへと笑っていた。道楽をするだろうと聞いたら、下を向いて小さな声をしていいえと答えた。

五

食事が済んで下女が膳《ぜん》をさげたのは、もう九時近くであった。それでも重吉はまだ顔を見せなかった。自分はひとりで縁鼻へ座ぶとんを運んで、手摺《てす》りにもたれながら向こう座敷の明るい電気燈やはでな笑い声を湿っぽい空気の中から遠くうかがってつまらない心持ちをつまらないなりに引きずるような態度で、煙草《たばこ》ばかり吹かしていた。そこへさっきの下女が襖《ふすま》をあけて、やっといらっしゃいましたと案内をした。そのあとから重吉が赤い顔をしてはいってきた。自分は重吉の赤い顔をこの時はじめて見た。けれども席に着いて挨拶《あいさつ》をする彼の様子といい、言葉数といい、抑揚《あげさげ》の調子といい、すべてが平生の重吉そのままであった。自分は彼の言語動作のいずれの点にも、酒気に駆られて動くのだと評してしかるべききわだった何物をも認めなかったので、異常な彼の顔色については、別にいうところもなく済ました。しばらくして彼は茶器を代えに来た下女の名を呼んで、コップに水を一ぱいくれと頼んだ。そうして自分の方を見ながら、どうも咽喉《のど》がかわいてと間接な弁解をした。

「だいぶ飲んだんだね」

「ええお祭りで、少し飲まされました」

赤い顔のことは簡単にこれで済んでしまった。それからどこをどう話が通ったか覚えていないが、三十分ばかりたつうちに、自分も重吉もいつのまにか、いわゆる「あのこと」の圏内で受け答えをするようになった。

「いったいどうする気なんだい」

「どうする気だって、——むろんもらいたいんですがね」

「真剣のところを白状しなくっちゃいけないよ。いいかげんなことを言って引っ張るくらいなら、いっそきっぱり今のうちに断わるほうが得策だから」

「いまさら断わるなんて、僕はごめんだなあ。実際叔父《おじ》さん、僕はあの人が好きなんだから」

重吉の様子にどことなく嘘《うそ》らしいところは見えなかった。

「じゃ、もっと早くどしどしかたづけるが好いじゃないか、いつまでたってもぐずぐずで、はたから見ると、いかにも煮え切らないよ」

重吉は小さな声でそうかなと言って、しばらく休んでいたが、やがて元の調子に戻って、こう聞いた。

「だってもらってこんないなかへ連れてくるんですか」

自分はいなかでもなんでもかまわないはずだと答えた。重吉は先方がそれを承知なのかと聞き返した。自分はその時ちょっと困った。実はそんな細かなことまで先方の意見を確かめたうえで、談判に来たわけではなかったのだからである。けれども行きがかり上やむをえないので、

「そう話したら、承知するだろうじゃないか」と勢いよく言ってのけた。

するると、重吉は問題の方向を変えて、目下の経済事情が、とうてい暖かい家庭を物質的に形づくるほどの余裕をもっていないから、しばらくのあいだひとりでしんぼうするつもりでいたのだという弁解をしたうえ、最初の約束によれば、ことしの暮れには月給が上がって東京へ帰れるはずだから、その時は先さえ承知なら、どんな小さな家でも構えて、お静さんを迎える考えだと話した。もし事が約束どおりに運ばないため、月給も上がらず、東京へも帰れなかったあかつきには、その時こそ、先方さえ異存がなければ、自分の言ったようにする気だから、なにぶんよろしく頼むということもつけ加えた。自分は一応もっともだと思った。

「そうお前の腹がきまってるなら、それでいい。叔母《おば》さんも安心するだろう。お静さんのほうへも、よくそう話しておこう」

「ええどうぞ——。しかし僕の腹はたいてい貴方《あなた》がたにはわかってるはずですがねえ」

「そんなら、あんな返事をよこさないがいいよ。ただよろしく願いますだけじゃなんだかいっこうわからないじゃないか。そうして、あのはがきはなんだい、私はまだ道楽を始めませんから、だい

じょうぶですって。本気だか冗談だかまるで見当がつかない」

「どうもすみません。――しかしまったく本気なんです」と言いながら、重吉は苦笑して頭をかいた。

「あのこと」はそれで切り上げて、あとはまとまらない四方山《よもやま》の話に夜《よ》をふかした。せっかくだから二、三日逗留《とうりゅう》してゆっくりしていらっしゃいと勧めてくれるのを断わって、やはりあくる日立つことにしたので、重吉はそんならお疲れでしょう、早くお休みなさいと挨拶して帰っていった。

六

あくる朝顔を洗ってへやへ帰ると、棚《たな》の上の鏡台が麗々と障子の前にすえ直してある。自分は何気なくその前にすわるとともに鏡の下の櫛《くし》を取り上げた。そしてその櫛をふくつもりかなにかで、鏡台のひきだしを力任せにあけてみた。すると浅い桐《きり》の底に、奥の方で、なにかひっかかるような手ごたえがしたのが、たちまち軽くなって、するすると、抜けてきたとたんに、まき納めてねじれたような手紙の端がすじかいに見えた。自分はひったくるようにその手紙を取って、すぐ五、六寸破いて櫛をふこうとして見ると、細かい女の字で白紙の闇《やみ》をたどるといったように、細長くひょろひょろとなにか書いてあるのに気がついた。自分はちょっと一、二行読んでみる気になった。しかしこのひょろひょろした文字が言文一致でつづられているのを発見した時、自分の好奇心は最初の

一、二行では満足することができなくなった。自分は知らず知らず、先に裂き破った五、六寸を一息《ひといき》に読み尽くした。そうして裂き残しの分へまでもどんどん進んでいった。こう進んでゆくうちにも、自分は絶えず微笑を禁じえなかった。実をいうと手紙はある女から男にあてた艶書《えんしょ》なのである。

艶書だけに一方からいうとはなはだ陳腐には相違ないが、それがまた形式のきまらない言文一致でかってに書き流してあるので、ずいぶん奇抜だと思う文句がひょいひょいと出てきた。ことに字違いや仮名違いが目についた。それから感情の現わし方がいかにも露骨でありながら一種の型にはいっているという意味で誠がかえって出ていないようにもみえた。最も恐るべくへたな恋の都々一《どどいつ》なども遠慮なく引用してあった。すべてを総合して、書き手のくろうとであることが、誰《だれ》の目にもなにより先にまず映る手紙であった。どうせ無関係な第三者がひとの艶書のぬすみ読みをするときにこっけいの興味が加わらないはずはないわけであるが、書き手が節操上の徳義を負担しないで済むくろうとのような場合には、この興味が他の厳粛な社会的観念に妨げられるおそれがないだけに、読み手ははなはだ気楽なものである。

そういう訳で、自分は多大の興味をもってこの長い手紙をくすくす笑いながら読んだ。そうして読みながら、こんなに女から思われている色男は、いったい何者だろうかとの好奇心を、最後の一行が尽きて、名あての名が自分の目の前に現われるまで引きずっていった。ところがこの好奇心が遺憾なく満足されべき画竜点睛《がりょうてんせい》の名前までいよいよ読み進んだ時、自分は突然驚いた。名あてには重吉の姓と名がはっきり書いてあった。

自分は少しのあいだぼんやり庭の方を見ていた。それから手に持った手紙をさらさらと巻いて浴衣《ゆかた》のふところへ入れた。そうして鏡の前で髪を分けた。時計を見ると、まだ七時である。しかし自分は十時何分かの汽車で立つはずになっていた。手をたたいて下女を呼んで、すぐ重吉を車で迎えにやるように命じた。そのあいだに飯を食うことにした。

なんだかおかしいという気分もいくぶんかまじっていた。けれども総体に「あの野郎」という心持ちのほうが勝っていた。そのあの野郎として重吉をながめると、宿をかえていつまでも知らせなかったり、さんざん人を待たせて、気の毒そうな顔もしなかったり、やっとはいってきたかと思うと、一面アルコールにいろどられていたり、すべて不都合だらけである。が、平生どの角度に見ても尋常一式なあの男が、いつのまに女から手紙などをもらってすまし返っているのだろうと考えると、あたりまえすぎるふだんの重吉と、色男として別に通用する特製の重吉との矛盾がすこぶるこっけいに見えた。したがって自分はどっちの感じで重吉に対してよいかわからなかった。けれどもどっちかにきめて、これを根本調として会見しなければならないということに気がついた。自分は食後の茶を飲んで楊枝《ようじ》を使いながら、ここへ重吉が来たらどう取り扱ったものだろうと考えた。

七

　そこへ宿から迎えにやった車に乗って、彼はすぐかけつけてきた。彼に対する態度をまだよく定めていない自分には、彼の来かたがむしろ早すぎるくらい、現われようが今度は迅速《じんそく》であった。彼は簡単に、早いじゃありませんか、今朝《けさ》起きたらすぐ上がるつもりでいたところをお迎えで——と言ったまま、そこへすわって、自分の顔を正視した。この時はたから二人《ふたり》の様子を虚心に観察したら、重吉のほうが自分よりはるかに無邪気に見えたに違いない。自分は黙っていた。彼は白足袋に角帯で単衣《ひとえ》の下から鼠色《ねずみいろ》の羽二重《はぶたえ》を掛けた襦袢《じゅばん》の襟《えり》を出していた。

「今日《きょう》はだいぶしゃれてるじゃないか」

「昨夕《ゆうべ》もこの服装《なり》ですよ。夜だからわからなかったんでしょう」

　自分はまた黙った。それからまたこんな会話を二、三度取りかわしたが、いつでもそのあいだに妙な穴ができた。自分はこの穴を故意にこしらえているような感じがした。けれども重吉にはそんなわだかまりがないから、いくら口数を減らしてもその態度がおのずから天然であった。しまいに自分はまじめになって、こう言った。

「実は昨夕もあんなに話した、あのことだがね。どうだ、いっそのことさっぱり断わってしまっちゃ」

　重吉はちょっと腑《ふ》に落ちないという顔つきをしたが、それでもいつものようなおっとりした調子で、なぜですかと聞き返した。

「なぜって、君のような道楽ものは向こうの夫になる資格がないからさ」

今度は重吉が黙った。自分は重ねて言った。

「おれはちゃんと知ってるよ。お前の遊ぶことは天下に隠れもない事実だ」

こう言った自分は、急に自分の言葉がおかしくなった。けれども重吉が苦笑いさえせずに控えていてくれたので、こっちもまじめに進行することができた。

「元来男らしくないぜ。人をごまかして自分の得ばかり考えるなんて。まるで詐欺だ」

「だって叔父《おじ》さん、僕は病気なんかに、まだかかりゃしませんよ」と重吉が割り込むように弁解したので、自分はまたおかしくなった。

「そんなことがひとにわかるもんか」

「いえ、まったくです」

「とにかく遊ぶのがすでに条件違反だ。お前はとてもお静さんをもらうわけにゆかないよ」

「困るなあ」

重吉はほんとうに困ったような顔をして、いろいろ泣きついた。自分は頑《がん》として破談を主張したが、最後に、それならば、彼が女を迎えるまでの間、謹慎と後悔を表する証拠として、月々俸給のうちから十円ずつ自分の手もとへ送って、それを結婚費用の一端とするなら、この事件は内済にして勘弁してやろうと言いだした。重吉は十円を五円に負けてくれと言ったが、自分は聞き入れないで、とうとうこっちの言い条どおり十円ずつ送らせることに取りきめた。

まもなく時間が来たので、自分はさっそくたって着物を着かえた。そうして俥《くるま》を命じて停車場《ステーション》へ急がした。重吉はむろんついて来た。けれども鞄《カバン》膝掛《ひざか》けその他いっさいの手荷物はすでに宿屋の番頭が始末をして、ちゃんと列車内に運び込んであったので、彼はただ手持《ても》ち無沙汰《ぶさた》にプラットフォームの上に立っていた。自分は窓から首を出して、重吉の羽二重の襟と角帯と白足袋を、得意げにながめていた。いよいよ発車の時刻になって、車の輪が回りはじめたと思うきわどい瞬間をわざと見はからって、自分は隠袋《かくし》の中から今朝《けさ》読んだ手紙を出して、おいお土産《みやげ》をやろうと言いながら、できるだけ長く手を重吉の方に伸ばした。重吉がそれを受け取る時分には、汽車がもう動きだしていた。自分はそれぎり首を列車内に引っ込めたまま、停車場《ステーション》をはずれるまでけっしてプラットフォームを見返らなかった。

うちへ帰っても、手紙のことは妻《さい》には話さなかった。旅行後一か月めに重吉から十円届いた時、妻はでも感心ねと言った。二か月めに十円届いた時には、まったく感心だわと言った。三か月めには七円しかこなかった。すると妻は重吉さんも苦しいんでしょうと言った。自分から見ると、重吉のお静さんに対する敬意は、この過去三か月間において、すでに三円がた欠乏しているといわなければならない。将来の敬意に至ってはむろん疑問である。

故郷を想う

金史良

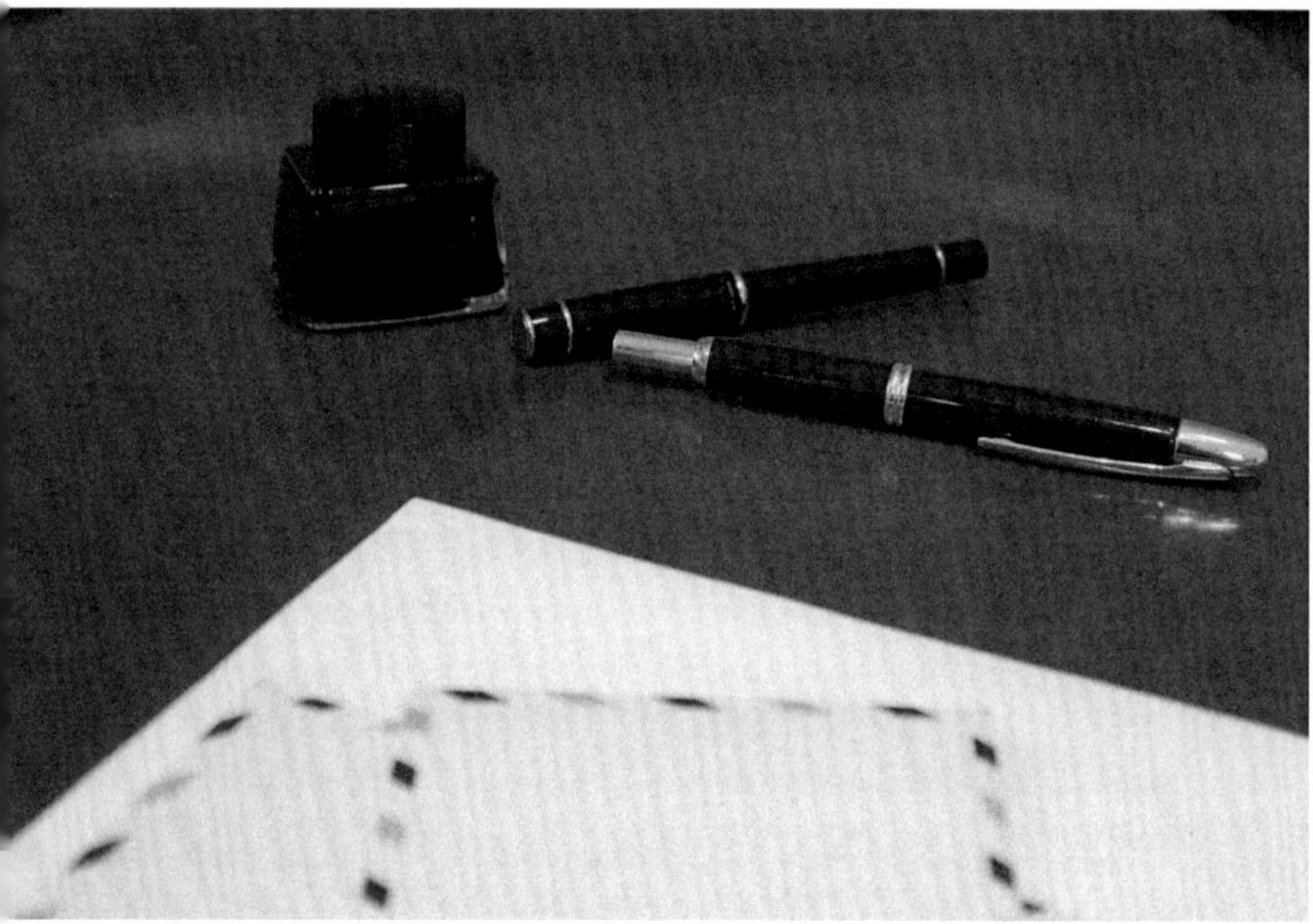

内地へ来て以来かれこれ十年近くなるけれど、殆《ほと》んど毎年二三度は帰っている。高校から大学へと続く学生生活の時分は、休暇の始まる最初の日の中に大抵蒼惶《そうこう》として帰って行った。われながらおかしいと思う程、試験を終えると飛んで宿に帰り、急いで荷物を整えてはあたふたと駅へ向った。それも間に合う一番早い時間の汽車で帰ろうとするのである。

故郷はそれ程までにいいものだろうかと、時々不思議になることがある。成程郷里の平壌には愛する老母が殆んど独りきりで侘住居《わびずまい》している。母はむろん、方々へ嫁いだ心美しい姉達や妹達、それから親族の人々も私の帰りを非常に悦んでくれる。庭は広くないが百坪程の前庭と裏庭がある。それが又老母の心遣いから、帰る度に新しい粧《よそおい》をして私を驚きの中に迎えるのだ。昨年の夏帰った時には、庭一杯に色とりどりの花が咲き乱れ、塀のぐるりには母の植えたという林檎の苗木や山葡萄《モルグ》の蔓《つる》がひとしお可憐だった。それに玄関際の壁という壁にはこれから背伸びしようとするつたが這い廻っていた。秋に入りかけ花盛りが過ぎ出した頃、コスモスをもう少し咲かせればよかったのに、それが気付かなかったのだと、母や妹は済まなそうに云っていた。私がそれ程の花好きというのでもないのに。母ももう年を取ったものだと思う。そして帰る度毎に、気力や精神が衰えているように思われて悲しい。六十をこえると老い方も一層早いのだろうか。

殊に昨年はコスモスの咲き出す頃、すぐ上の姉特実《トクシリ》が亡くなった。三十という若い身空で、子供を三人も残してはどうしても死にきれないと云いながら、基督教聯合病院の静かな部屋で息を引取った。その死は今思うだに悲痛なものに感じられてならない。それを書くには今尚私の心の痛みがたえられそうもない気がする。彼女は私のはらからの中では一等器量がよくて、心も細やかであり明朗でもあった。父が母と違って絶壁のように保守的で頑固なために、幾度母に責め諫《いさ》められながらもついにあの姉を小学校にさえ出さなかった。女に新教育は許せないというのである。いくら泣き喚いても、それは無駄であった。でも彼女は無智の中にあきらめていようとはしないで、七八の頃から千字文で一通り漢字を習い、朝鮮仮名はもう既に自在に読み書きが出来、小学校へ上ったばかりの私を先生としてそれ以来ずっと諸学科の知識をかじり、それから雑誌を取り寄せ新聞を読むなどして、その識見や思慮は私が中学にはいった頃はもう尊敬すべき程だった。

こういうところからして、私と彼女の間に於る姉弟の情にも又特別なものがあったと云える。私が帰る頃を聞き知って真先に母の許へやって来て待っててくれたのもこの姉だった。そして私が林檎好きだと彼女は勝手にきめて、いつも国光に紅玉など水々しくて色のよい甘そうなのを一抱えずつ買って来てくれた。彼女の死が老母に与えた精神的な打撃というものは余りにひどい。正にその次は自分位であろうとひとりよがりに考えて、少しでも余計に悲しもうとする私である。その姉が今度帰ればもういないのだと思うと、丈夫な歯が抜けたように心の一隅が空ろである。

それでもやはり故郷への帰心は抑え難くはげしい。これは一体どうしたものだろうか。左程に故郷を恋しく思わない友人達を見る度に、私はむしろ羨しくなり又自分をはかなく思うのである。此頃も私の家では母と京城の専門学校から戻って来たばかりの妹が二人きりで侘しく暮していることであろう。先日の妹の手紙には、私の帰って来るという四月は平壌の花植時だからその時揃って庭いじりをしましょうと書いてあった。私は丁度その先便で母や妹宛に、今度帰って行くことにしたから、裏庭にはあきれる程までにトマトを植え、井戸の上には藤棚をしつらえ、私のささやかな書斎の前にはヘチマを上げるように、そして前庭には絵屏風となるまでに朝鮮朝顔をと書いて送ったのだ。私は悲しみに打ち沈んでいる老母を、そんな仕事からでも気をまぎらわせたかったからである。それで妹の返事を見て重ねて手紙を出したところ、つい五六日前の手紙には母が着々用意を整え、トマトの方もあきれる程までに沢山註文したし方々から花種も取寄せているということだった。その上この文を草している今日は又奇しくも母が愈々《いよいよ》掘り返しをはじめましたと云って来た。それがどれ位の出来栄えか、今度帰ったら殊更《ことさら》私も仰々しくそれをほめそやさねばなるまいと考えたりする。

とはいうものの故郷に帰りたいという思いは、ひとえに母や姉や妹、それから親族の人々に会いたいという気持からだけではない。やはり私は自分を育んでくれた朝鮮が一等好きであり、そして憂欝そうでありながら仲々にユーモラスで心のびやかな朝鮮の人達が好きでたまらないのだ。東京でいつもせせこましい窮屈な思いで暮している私は、故郷に帰れば人が変わったように困る程冗談を云う。友達にはむろん先輩にさえ、気がどうかしていると思われる位に実のない冗談を持ちかける。もともと人一倍そういったところが好きで、深刻そうに真面目ぶるのが苦手の性分でもあるが。だから帰れば家でも毎日を冗談と笑い話で暮しているようなものである。そういえば又思い出すが死んだ姉などは殊に私とは調子が合って、何事にも声を出して笑い、笑ってはついに腰が折れるまでに笑いこけたものだ。だが時々急にこの地で致し方ない程の郷愁にかられると、大概は神田の朝鮮食堂にでも行って元気な学生達の顔を嬉しそうに眺めたり、朝鮮歌謡の夕だとか野談や踊りの催しなどをさがしては出掛ける。それも今は少くなったが。――そこで移住同胞達の笑顔を見たりはしゃぐ声を聞いたりすると、時には思わず微笑ましくなり、又涙ぐましくも悦に入ったりするのだ。あの朝鮮語のふざけた弥次《やじ》を聞くのが又大好きと来ている。思わず吹き出してしまう。これはどうにか一種のセンチメンタリズムと云えたものかも知れない。

朝鮮の空は世界のどこにもないと云われる程、青くからりと澄んでいる。早くその下を歩きたいと此頃思い出したので、どうにもしようがなくなって来た。こうして私はいつも朝鮮と内地の間を渡鳥のように行ったり来たりすることになろう。何しろ母も年が年なので、あの澄み渡った青空の下、どこか好きな大同江の流れでも見下ろされる丘の上に住みたいものと心では考えている。

遠野へ

水野葉舟

一

「いま、これから東の方に向って、この花巻を発つ。目的地の遠野に着くには、今夜、夜が少し更けてからだそうだ。」――この頃は、もう少しずつ雪が解けはじめたので、途中が非常な悪路だと聞いた。私は今日の道の困難なことを想像しながら、右の文句をはがきに書いた。私はこんどその遠野に帰っている友人に会うために、東京を出て来たのである。

ところへ、宿の女がはいって来て、馬車がくる頃だから用意をしろという。私は急いで、そのはがきに午前九時十分と時間を書き入れた。それを留守宅の宛名にして、それから、ほかの一枚にも同じ文句を書いて、来る路に仙台で世話になった家《うち》に宛てた。

手ばしこく洋服を着た。宿屋の勘定は前にすましてあったから、用意ができると玄関に出て行った。宿のものに送られて、靴を穿きながら空を見ると、つめたい、灰色の煙が立ち籠ったような空の色だ。

「これが、北国空《ほっこくぞら》か……」と思いながら、寒さと寂しさとがからだに沁みて来るようなので、私は堅く唇をむすんだ。

宿屋を出て、町の街道《とおり》にくると、出たところに白い布の垂幕《たれまく》をおろした、小さな箱形の馬車が二台並んでいた。

昨日、日の入るころ着いた時には、雪が解けて、この町には濁った水が流れていた。それが今朝はすっかり凍っている。その上を飛び飛び馬車に近づくと、私は馬の丈夫そうな先き立っている方に乗ろうとした。

すると、そこに立っていた、赭顔《あからがお》の喰い肥った馭者が押し退けるような手真似をして、うしろのに乗れと言った。うしろのはその馬車にくらべると、馬も瘠せて小さかった。

私は知らぬ土地に来た、旅人の心弱さで、黙って二三歩歩きかえして、瘠せて肋骨の出た馬が牽いている方に乗ろうとした。その時、前の馬車の垂幕があがって、うしろ向き美しく髪を結った娘が首を出した。

私の乗った方には、二重マワシを着た長顔の鬚の白い老人と、黒羅紗《くろらしゃ》の筒袖の外套を着た三十恰好の商人体《しょうにんてい》の男とが乗っていた。私が入るとつづいて毛糸の襟巻をした若い男がはいって来て入口の戸を閉めた。

やがて馭者がてんでに馭者台の上に座を占めると、二台の馬車がつづいて駆け出した。軒の低いくすぶった町並がどこまでもつづく。板で囲って穴を作っているような、薄暗い花巻の町が。

私の馬車の方は、寒いのに垂幕が巻き上げてあった。馬車が町を駆けぬけると、目にひろびろとした雪の野が見えた。その中に、鉛のような色をして北上川が遙々と流れている。川の堤に出ると、上の方に長い舟橋が見えた。それに近づくと、「さ、降りねば……」と、奥に坐っていた老人がからだを振り向けて、車の中を一順《じゅん》見た。

馬車が橋のたもとで止ったので、私は一番に降りて、堤の上から、川の流れを見下ろした。大きい緩い水の流れが、広い平野の中に横わっている。寒い痛いような、風がそっと水面を渡って顔を吹いた。

私は四辺《あたり》を見廻わして、自分がいま、ここに……この寒い国の大きい川の岸で広い雪の野を見ながら、こうして立っているのが実に思いがけないことのように思われた……。私は冬でも雪が積ったことのない国に永らく育てられたのだ。

どやどや降りて来た、車の中の人にまじって、そのまま一人で橋を渡った。中途まで来て振り返って見ると、一間ばかり後のところに同じ車の老人がくる。私は歩みを止めて老人が追いついてくるのを待った。一緒に並ぶと、しばらく無言で歩いていた。するると、

「どこまでおいでです?」と老人らしい調子で先方から口を切った。

「遠野までです。」私は待っていたように答えた。老人は歩きながら、改めて私を見返した。私はなお何か話そうと思ったが、心が重くって次の言葉が出なんだ。

向いの岸に着いて馬車のくるのを待っていると、そこへ二台の馬車に乗っている人達がしだいに集まって来た。前の車に乗っていた娘は二人だった。色の赭黒い血肥りのした丈の短い……一人の方は頬に火傷《やけど》の痕《あと》があった。その娘達のうしろにその爺《おやじ》かと思われる鼠色の古びた帽子をかぶって顔も着物もぼやけたような四十五六の男が一人歩いて来た。

その人達が思い思いに河岸に立って、馬車のくるのを待っていた。やがて、馬車はゴトリ、ゴトリと橋板の上に音をさせて近づいて来た。

すると、前に来た馬車の中から、一人の男が顔を出していた。垂幕を上げて、窓のふちにひじをもたせながら、そこに待っている人達を見おろして、得意そうににやにやして笑いかけた。その目と私の目とふと見合うと、私は妙な不快な感じがした。売卜者《うらないしゃ》のような人を馬鹿にした、……それでいて媚《こ》びようとするような顔をしている。角ばった、酒に酔ってでもいるような赤い顔で、大きい卑《いや》しい口に、赤い疎らな鬚をはやしている。

私はその男の目と見合わせると、すぐ傍を向いてしまった。そして肩を聳やかして、つっと自分の馬車の方に歩み寄った。

また前の馬車の中に座を占めた。窓から見ると、北上川の末の方まで、広い空は寒そうに曇っている。私は手提の中から、参謀本部の地図を出して、遠野と書いてある山間の小さい町へつづいている道を指でたどって見た。道は殆んど山の中にばかりついている。それを見ながら、樹がしんしんと立っている、幾千年も前から、おし黙っているような、人気のない山間の道を想像した。私は心がじっと寂しくなってくるのを覚えた。と、美わしい顔色をした東京の女が懐かしく目に浮ぶ。華やかな笑い声も、もう久しく聞かぬような心持ちがする。

それで永いあいだ、その遠野に行こう、……山で囲まれた町、雪の中の町を見に行こうと希《ねが》っていた、好奇心がすっかり消え去ってしまうようだった。

馭者が鞭を振った。さも嫌やそうに、馬がのそりのそりと動き出した。と思うとビシリと、鞭があたる音がして、急に駆け出した。息がはずむように、揺り上げられる。

私は寂しい、少しぼっと気が遠くなったような心持ちがして、揺られながら目の前に移って行く景色を見入っていた。

道が山の中に入った。その時には私達の馬車は、もうよほど遅くれていた。前の馬車は、二町ばかり先きの松林の中を走っている、と思うと、道が曲って見えなくなった。

一つ、ゆるい坂を上って下ったと思うと、馬車はさらに勢いよく駆けた。そして、道の行手に二三軒家のあるところにくると、前の馬車がそこに止っている。私の乗っている方の瘠せた馬は躍り上るようにして、それへ駆けつけた。

「休むのか？」とうちから黒羅紗の外套が声をかけた。

「ああ。」と、台の上から馭者が返事をした。

車が止まった。私は地図を持ったまま外に出た。一時間ばかり乗っていたのだが、もうからだが痛い。私は思う存分、足を伸ばして、凍った雪を踏みながらその家のうしろに出た。寂然《せきぜん》とした冬枯れの山林が小さな田を隔てて前にある。地はすっかり雪が覆《かぶさ》って、その中から太い素直に伸びた若木が、白っぽい枯木の色をして立っている。私はその奥をすかして見た。ただ、雪と、林の木と幹とが見えるばかり。空を見れば、風もなく、烟《けむり》のような灰色の曇った空だ。空疎な、……絶えがたい寂莫な自然の姿だ。

ギュッと自分のごむ靴の底が雪に鳴った。私は立ったまま手にあった地図と鉛筆とをしっかり握って、しばらくこの寂莫が恐ろしいもののようにその林をすかして見ていた。

家の前で馬がいないた。私は心づいて前の方に出て来た。すると、右側の雑貨をならべた家の前に、例の男が、……橋の上も馬車を降りなかった男が立っていた。

その男が私を見るとにやにやしく笑いかけた。私は知らぬ顔をして、ずっとその向い側に入って行った。その男は奉書紬《ほうしょつむぎ》の紋付を着て、黒い山高帽子をかぶって、何か村の有力家と言った姿をしていた。

私のはいった家には、はいったとこの土間に炉があって、それに馭者が大きくなって火に当っていた。同じ車の老人も、黒羅紗の外套を着ていた三十男も、襟巻の男もいた。私はその傍に立って時計を見るともう十一時だ。

「ここはなんと言うところです?」と、私は地図をひろげて、こっちの端にいた老人に聞いた。

「さ、……××村の中でしょう。」と、地図を覗き込んで、「××と言う村は出とりませんかな。」と聞く。

「ありました。」とその場所を指して見せて、「この次は土沢って言うところですね。そこまでどの位ありますか?」

「一里半かね。」と振り向いて馭者に聞いた。

「そうです。一里半少し遠いか。」と、喰《くら》い肥《ふと》った方が言った。体格から、言葉から兵役に行って来た男らしく見える。

私は立ったまま黙って地図を見ていた。この「磐井」「盛岡」の地図の表は山の記号《しるし》で埋まっている。この山と山の重なっている中には、どのような寂莫な、神秘が蔵《かく》されているだろう。

ふと、顔を上げると、炉端の人達が何かさぐるような、物珍らしいような目をして私を見ていた。私の目がみんなの方に向くと喰い肥った方の馭者が、大きく欠伸《あくび》して、さも不精無精《ふしょうぶしょう》に、

「行くかな。」と、私の乗っている方の馭者を振り向いて見た。

「うむ。」と、その男が従順にうなずく。と、

「行くのかね?」例の老人が言って立ち上った。私はその人達より先に黙って戸口を出た。続いてさきの馬車の馭者が出て来て、のびのびと肥った両手を張ると、

「出んじょ！」と怒鳴りつけるように言った。

両側の家にいた人達がみな出て来た。私は道端に立って、老人達のはいるのを待っていると、例の鼠色の帽子をかぶった男が、向いの家から出て来て、ぼやっとした顔つきをしながら、車の中にはいった。つづいて赤面の紋付がにやにやしながら出てくると、馬車の窓の下から、両手に持っていた紙に包んだものを、差し出して、

「ほれ、姉さん達、駄菓子だが一つ食《あが》りなさい。」と言う。中から「あれ、すみません。」と言って、二人の娘がはしゃいだ声を立てた。男は、

「まあ、まあ。」と押しつけるように、その包みを中に入れると、私を振り返って、したり顔に笑いかける。私はまた傍を向いた。


人がみんな乗ってしまうと馬車がゆるゆると動き出した。道が少し上り坂になっている。

私は煙草をふかしながら、二枚の地図を継ぎ合わせて、細《こま》かに、行手の道を見た。この次に通る土沢《つちさわ》を通り越すと、道が川に沿っている。

渓流？……と、その変化の多い景色を想像して、心に微笑した。そして、強く煙草の烟を吸った。すると、烟が苦く刺すように舌に触る。ただ手持ち無沙汰なのをまぎらすばかりの煙草なので、この二三日の喫烟《きつえん》のために、私は舌をすっかり荒らしているのだ。

と、前の馬車から娘達の賑やかな笑い声が起こった。それにまじって男の声も聞こえる。私は無聊なままに聴き耳を立てた。

笑いながら言うらしい男の声で、——少しかすれているが上声《うわごえ》の、にごりのある調子で、「まあ見せなさい。左の手、左の手だ。わしが運勢を見て上げる。」と言う。ひっつこく押しつけようとするらしい。その声で、あ、あの男だ、と、私はすぐ紋付の男の顔を思い浮べた。

「やんだ！　おれは。」と言って娘の一人が、身をもがくように笑うのが聞こえた。と男がまた、「そう言ったものではない。運勢を見て上げるんじゃから……」と、真面目らしく言いながら、娘の運勢や、性分などを占いでもするらしく説きはじめる。娘はいつまでもキャッ、キャッ言ってはしゃいでいた。

すると、

「前では賑かだな。」と私とならんでいた商人体《しょうにんてい》の男がつぶやいた。老人もハハハハと大きい口を開けて笑った。私もつい微笑せずにはいられなかった。

その時に道が下りになったので、馬が急に駆け出した。車の中では一時に下をぐっと引っぱられたので、みんなうしろの方によろめいた。「やけにやるナ」と商人体の男が窓から馭者の方を見て言って置いて、振り向くと軽く笑った。その拍子に前の馬車は四五間も離れたので、その笑い声も聞こえなくなった。

車が今にもこわれてしまいそうに揺れる。からだがただ揺れるままにして、車の中では誰れもものを言わぬ。で、しばらくすると商人体の男がふと老人に話しかけた。それは芝居の話だ。数日前まで盛岡で興行していた、某一座を遠野に連れてくることになった談判の模様らしい。

私はその話に耳を貸しながら、次第々々うしろに残されて行く景色を眺めていた。道は山に入るかと思うと、山を離れて畑のあいだを行く。だが、どこもかも、白々と雪が積って凍りついたまま野も山も深く眠っている。やがて土沢に着いた。一度夢に見たことのあるような町だ。材木を組み合わせたような造りの勾配の急な屋根の家が、高低を乱してつづいている。町の色が黒い。

馬車は町の中ほどでちょっと止まったばかりで、いそがしそうに出発した。前の馬車では娘の一人が馭者を呼んで菓子を買わせていた。

二

やがて、渓流に沿った道に出た。道がしだいに上りになって行く。山が迫ってくるので、あとの方が広い野のように見える。私は地図によってこの川が猿ヶ石川であることを知った。

道がまがるに連れて、景色が変って行く。見ると先きの方に大きい山の中腹を一條の道が走っている。それがわれわれの行く道であろう。

私はもう疲れた。からだの自由は利かず、目に見える自然に飽いた。ねむりたいと思ったけれど、眠ることもできない。ただじっとからだを据えたまま、心でいろいろのことを思い描く。私は四年ぶりで逢った従妹の顔を思い出していた。子供の時分にはほとんど一緒に育った女だったが、四年逢わずにいたうちに結婚して、子供を生んでいた。その従妹の家に泊っていたあいだに私はしばしば、従妹が自分にはどうしても解することができない女になったと思った。……その従妹の顔がふと胸に浮かぶ。

着いたはじめには、二人で向い合っていると、何か話さずにはいられなかったが、ふっと二人とも言葉が切れて、黙って顔を見合った。その時に女の顔には妙に底にものの澱《よど》んでいるような表情が見えた。しかも強味のある表情だった。この娘の時には見たことのなかった表情を見ると、私の心は波立った。その女が心の底を開いてものを言わぬのが、不思議に思えてならなかった。

その黙って、目を動かさずにいる女の顔が胸に浮かんだ。私の目には、ぼっと白っぽい色をした冬枯れの林が映っている。耳にはしだいに深くなった渓の底からくる水の音が聞こえている。

「スフィンクス！」

私には、時によると自分のこの肉体より、ほかのものは、すべてその存在していることが不思議でならなく思われる。

と、私の目の前にぬっと馬が顔を出したので、はっとして今まで思っていたことが消えてしまった。

どこからか、荷を背負った馬が一四、この馬車について来ていたのだった。

空がしだいに暗くなった。日が暮れて行く頃のように、四辺《あたり》がしいんとしている。馬車がいま絶壁の上を行くのだ。

そのうちにちらちらと雪が降って来た。

「雪か！」といま迄、疲れたかしてものを言う人もなかった車の中で誰かが言った。

雪がしだいに降りしきって来た。私達が急いで垂幕を下した狭い車の中が俄かに呼吸がつまるようだ。

「これじゃ、盛岡からの役者も明日はどうかな。」と老人の顔を見て、商人体の男が言った。

私は折ふし、垂幕を上げて見た。あとからくる荷馬の顔に雪がしとしとと降りかかって、冷たそうに濡れていた。

車の中では老人と商人体の男とのあいだにこんどくる歌舞伎芝居の噂がはじまった。盛岡での人気や、役者の技量などについてしきりと話し合っていたが、しまいに老人が「遠野のものは一体に芝居好きだもの……」と言った。この言葉が私には妙に心に止った。芝居好きな町……。

雪がまた止んだ。私は急いで垂幕を上げた。冷たい風がすっとはいってくる。行手をすかして見ると、道が山の向《むこ》うへ廻っていて、前の馬車が見えなかった。

私達の馬車も、その道を上り切ると、駆け出した。私は舌をあらしているのに懲《こり》もせず、煙草を取り出して火をつけた。そして路の傍《わ》きを見ると路に沿って山吹や木苺が叢生していた。月見草の種がはじけたまま枯れた茎もその中に絶えることもなく続いていた。

道が渓流を離れたと思うと、小さい村をいくつか通った。チラチラと村の人に逢う。男も女も頭巾をかぶって、股引のようなものを穿いていた。

珍らしそうに、その顔を見ながら行った。私はその中のどの顔も、いま私が訪ねて行く友人に似ているところがあると思われた。まるい輪廓のぼっとした、目と鼻の小さい、赭黒《あかぐろ》い顔。それを見てこの人達も私の友人のような封じられているような声でものを言うのだろうと思った。

馬車を継ぎ代える、宮守と言う村に着こうとする時には、雪がまた前よりもひどく降り出した。宮守も土沢に似た町並をしていた。馬車が着くと雪の降る中に、村の人が幾人も立って迎えていた。ここで私達はいままでの馬車を降りて、遠野から来ている馬車に乗り継ぐのである。着いたのはかれこれ三時半過ぎていた。

馬車は或る家の戸口で止った。車の中でからだを堅くして、身に沁むような寒さを忍んでいた人達は急いで降りて家の中にはいった。入り口に火がある、それをすぐ取りかこんだ。前の馬車の連中は上った、すぐ次の間でもう炬燵にはいっていた。私達がはいってくるのを見ると、例の赭顔《あからがお》の紋付がにやにや笑いかけた。

私達は二階に通された。おなじ馬車に乗って来たのだと言うためか、私達の四人は一つ室で食事をした。

私はからだが非常に疲れているので、食事にはただ卵をと注文した。すると、ほかの三人は不思議そうな顔をして私を見た。

ここはもう花巻から七里ばかり離れている。この半日以上同じ馬車に乗っていて、私は誰ともろくに話さなかった。二言《こと》三言《こと》老人にものを聞いただけであった。どの人の顔も他人らしい表情をして私を見た。

三

雪の盛んに降る中に宮守《みやもり》を発った。これから遠野まで五里半ある。

一緒に食事をしたので幾分か心が解け合ったのか、さあ出発と言ぅ時には、互いに賑かに誘いあった。そとはもうすっかりと黄昏《たそが》れたようになっていた。私は馬車に乗って座を占めながら、寒さのほかに、広野の中で行き暮らしたような心細さが、ひしひしと心を襲った。ここからは私達の車の方に遠野の中学の生徒だと言う学生服を着た青年が一人乗った。

こんどは私達の馬車が先きに立った。雪はしとしと降ってくる。宮守をはずれたところでそっと垂幕《たれまく》を上げて見ると、目に見える限りがぼっと白く、重い幕を垂れたようになっている。私は深く呼吸をして、遠野！　遠野もやはり薄黒い、板造りの尖った屋根がならんだ、陰鬱な町だろうか……と思った。東京にいては私はこの寒い国がこれほど、親しみにくいとは思ってはいなかった。

雪の中を発って町端れまでのろりのろりくると、私の方の馭者は、何かくどくど言っていたが、やけのようにピシリ、ピシリと馬を打った。それを見ると、

「由爺《よしおじ》、どうした？」と、中から例の老人が声をかけた。

「どうしたんでもねい。おれの車に五人も乗れるか。荷物もあとのより倍ある。」と、このキッカケに調子がついたと見えて、急に馬車を止めて怒鳴り出した。

老人はしきりとなだめていたが、由爺は猛《たけ》り立《た》てて誰の言うことも聞かない。あとの方の馭者も、雪の中だから次の宿まで行けと言ったけれど、

「フン次の宿まで、……鱒沢までか。」と言って馬車を立てたまま動こうともせぬ。それで、こんども最後に乗った、毛糸の襟巻をした男が降りて、後の馬車に乗り換えた。

馬車は小山の腹を一廻りまわった。道がまた緩い上りになっている。山の峡を登ってうねる道を二台の車がつづいて行く。私はまた、うしろの口の窓に肱をかけて、垂幕の下から雪の中に暮れて行く山を見ていた。積っている上にも雪が積って行く。

後の馬車の白馬が全身を濡らして、白い息を吹きながら歩いてくる。馬という奴は大きいがどこか可愛い獣だ。と思っていると、この馬車と、白馬との間にぬっとその由爺が身を入れた。

肩幅の広いのに兵卒の着る外套を着て、腹のところを皮帯でしめている。頭巾で頭から頤をつつんで、その間から、黒い荒い鬚がムシャムシャ生えた頬を見せている。手には長い枝を折って鞭にしたのを持ち、足には藁靴《つまご》を穿いて、雪の上をのしのしと歩いてくる。熊のような男だが、ギロッとした目に言われぬ愛敬がある。そして東京では豆腐屋の持っているような貝の形をしたブリキのラッパに緒をつけて、肩からさげていた。歩きながら幾度となく、

「ホーッ!」と言って、腹から出たような大きな声をして、肩の上から覗き込もうとする、白馬の顔をはらった。

疲れと、寒さと、……迫まってくる黄昏の色との中に馬車の中ではものを言う人もない。私はただ雪でぼっと白らんでいながら、大きい山も、深い渓も一様にじっと暗の中に沈んで行く眼前の景

色を驚ろいて見ていた。自然がつく緩い深い吐息を聞いた。この奥に不思議な世界が静かに千年の昔から横わっているようで。……すると、後の馬車で垂幕を上げた。ほの白い中に見えるのは例の赤い面の男と、それに対い合ってのぼせたような娘の顔とだった。と同時に、その中から二三人が声を合わせて笑った。男も女もはしゃぐ絶頂にのぼっているような顔をしていた。男は例のように対手なしににたにたしていた。

寒さが身に沁みてくる。私は幕をおろして、肱《ひじ》でからだを支えて、煙草をくわえたが、目をつぶっていると何とも知れぬ深い暗い底に堕ちて行くようだ。

道はまだのぼりだと見える。私はいくどもからだを動かしては、そっと恐ろしいものを覗うようにしてそとの景色を見た。そしてじっと心が一つに集るようになってくると、折々、後の馬車でドッと笑う声が聞こえる。女がうわずった、少し熱でも病んでいるような声をして笑う。私は苦笑した。と、馬車は俄かに駆け出した。薄暗くなって行く中を嵐と雪との中にまじって狂うように駆けて行く。由爺は馭者台《ぎょしゃだい》の上に腰をかけて、ラッパを吹いた。長い息で、いつまでも吹く。……その響きがこの人気のない山の中に響きわたる。それで馬も人も勇んでいる。

ぼっとりと闇になってしまった。車の中では互いに顔が見えなくなるのをわびしく思った。で、そろそろ話をはじめた。

「一体、遠野に何しにおいでです?」と老人が今朝からの疑問を、はじめて私に聞いた。

「ええ？　友人がいますのでね。遊びに来ました。」私は軽くこう言って笑った。

「遊びに？」老人は信じないらしい口振りでつぶやいた。

「大変おもしろい話のある土地だと聞いていましたので。」と言うと、

「ハア、遠野が？」不思議そうにしているので、私は単純に遊びに来たとだけ言っても、腑に落ちまいと思って遠野に古跡があるそうだがと聞いた。と、こういうところに折々そういう人がくると見えて、私をこの地方の歴史の研究者だと思ったらしく、その方の土地の人を三四人紹介してくれた。それから話のいとぐちがついて、商人体の男も暗の中でいろいろの話をはじめた。私は幾度もマッチをすって時間を見た。遠野へ着くのは早くも十時過ぎだろう。私は心ひそかに夜更けてからの寒さを恐れた。

　由爺のラッパはますます調子よく響く。と、そとに燈火が見えて、馬車が十五六軒ならんだ家の間を通った。

「上鱒沢《かみますざわ》」と、商人体の男が言った。

　また一しきり走ると、やがて馬車がとまった。

「休むのかね？」と中から聞くと、「ちょっと一休みしてから。」と雪に吹きつけられたような声で由爺が答えて馭者台を降りてしまった。私もそとに出た。

　馬車の響きが止ると、四辺《あたり》がしんとなる。どこかで遠く水の流れる音がする。雪の中に立って四

辺を見ると、私達はいつか広い野に出ていた。迫っていた山が離れて、黒い巨大な影が雪の中に屏風のように聳えている。その裾野のところどころから火が見える。雪の中に火がぽっと赤く隈どっている。

私は深く胸の奥で呼吸をした。

「ああ、神話がいま現実に生きているような国」と或る人が、遠野の話を聞きながら言った言葉を思い出した。

後の馬車では誰れも降りなかった。雪の降る中に、笑い声もしない。また馬車に乗った。遠野まではあと一里半だ。道は平らな広い暗い野の中についているらしい。

垂幕が風にあおられるあいだからは、あとの馭者台についている小さなランプの火に照らされて、雪が狂って降ってくるのが見えるだけ、その路を一時間ばかりも駆けたと思うと、馬車が止った。

後の方で、不意に、

「さよなら！　……御機嫌よう。」と娘が叫んだ。誰れか降りる様子である。

娘の声は押し止めていた声を一時に立てたようだった。そしてあとはまた何か擽《くすぐ》られるようにはしゃいだ、笑い声が聞こえた。色を売る女のような笑い声だった。

するとと、私達の車の下に黒いものが、つっと表われて、襟巻をした男の声で、

「そんだら、誰方《どなた》も。」と言う。

「はあ、これはお休みヤンセ。」と、中から声を揃えて言った。と、その男は暗の中に消え去った。

寒さで足の指先きが、痛くなって来た。不意と暗の中で、耳近く瀬の音が聞こえた。ちらと橋の欄干が見えた。やがて並木らしい、松の幹が見えたり消えたりすると、町にはいった。馬車はさらに勢い込んで駆けた。折々、家の灯で馬車の中がぼっと見える。由爺は最後に息のつづく限りラッパを吹いた。

馬車が旅宿《やどや》の前に止った。私は馬車の中で挨拶をして、手提を持って降りた。家にはいろうとすると、後の馬車からも、男も娘達も降りて来た。

上り口で、私はまたその紋付の男と顔を見合わせた。その男は相変らず笑いかけた。私の顔を見ると、宿の主人が、

「失礼ですが、あなた松井さんでは?」と聞く。そうだと答えると、「昨晩、野口さんがおいでになりまして、お手紙が置いてございます。」と、言って一通の手紙を出した。それを受取ると言って立っている私を、紋付の男が笑いながら二階に上った。

私も二階に案内された。

私はいよいよ遠野に着いたのだ。

野口君の手紙に、野口君はちょっと用事ができて一晩泊りで村の方へ行くとしてあった。私は次

の日一日は、この旅宿《やどや》の二階にひとりでぼつねんとしていねばならぬ。

四

朝起きると、私は町に出て見た。広い町すじは、軒が長く出て家が暗く見える。私はあてもなくその通りを歩いて行った。すると家々から、店を整頓させながら、町の人が不思議そうな顔をして私を見ている。水にまじった油の一滴のように私は見られているのを感じた。

帰ってくるところに、きのうの紋付の羽織が今日は紺の背広を着て、ぼやけた四十男と二人で町を通った。

昼少し過ぎたころ、私はひとりで唖のような顔をして室の中に坐っていた。あまりの無聊なために私は心がどろっとなってしまった。

ところへ、隣の室にドヤドヤと人がはいって来た。疲れたらしい調子で、「ヤレ、ヤレ」と大きく言って、一人がドタリと坐った。それに続いて下女がはいって行くと、「姉さん、何よりまあめしを喰わせて下さい。また早速出かけるのだから。」と高調子に言った。何か汗ばんだ顔をしてでもいるように思われる。

「それで……」と、ちょっとひっそりしたと思うと、またそのせわしそうな声が聞こえる。

「君、まず愛国婦人会の名簿は見たから、午後は一つ有力家の家を訪問するんだ。ね、役場に行って町長さんにお目にかかりとうございますとやったのはよかったろう。」

「うむ、僕も大いに感心した。それで午後はどこに行こう？」と、ぼやけた声がする。

「一つ愛国婦人会の幹部の家に行こう。そして、ぜひあなた方の御尽力《ごじんりょく》で一つ、……とやるんだね。」

二人は食事しながら話しているらしい。私は何をしに来た人達かと思った。

下女がはいって来たから聞くと、盛岡の孤児院の人で、こんど遠野で慈善音楽会をするのだと言った。

慈善音楽会か。私は昨夜の馬車から見た雪に埋もれた山野を思い出して、慈善音楽会があると聞いた時には、深山で波の音を聞くように思った。

それで、いつから来ている人かと聞くと、昨夜私と一緒に来た人だと言った。ではあの紋付か？

やがて二人はまた出て行った。私はその足音を聞きながら、紋付がこの町の婦人達の前でする饒舌を想像した。

日の暮れ方に野口君が来た。二人で顔を見合わせると野口君は私の着く時日の違った不平を言った。私は来て見ると思ったよりも田舎だと言った。

そのうちに隣りでも帰って来たらしい。いつか話がはじまっている。折ふし、「もう占めたものだ。明日愛国婦人会の幹部が集まりさえすればそれからはいくらでも話が進む。」とか、「郡長の夫人《おくさん》はあれでなかなか分ってるぞ。」とか、「君は明日役場に行って、も一度愛国婦人会の名簿を借りて名をうつしたまえ。」など言うのが聞こえた。

高調子の男の語調はかつて伊勢から来ていた友人とそっくりだ。

私はその夜、野口君から野口君の友人達が集まって私と話そうと計画しているということを聞いた。

五

次の朝、私がまだ寝ているうちから、野口君が来た。二人はしきりと別れたのちの話をしながら、町を歩いた。

私のする話……われわれの友人達の消息や、或るとき、互いに出逢って話し合った話などを話していると、野口君は熱心に聞いていながら、どこか妙にそわついた調子を見せ出した。やがて、「ね君、ね。僕こんなところに来ていると心寂しくって、……気が苛立ってたまらない。Hはそんなに勉強してるかね。」と急《せ》ぎ込んでいる。

「勉強しているよ。この秋までには必ず例の論文を書くと言っている。」

「いつかの『海運史』かい?」これを聞くと私は野口君の顔を振り返えって、大きく笑って、

「どうしたんだい。オイ。」と言った。


それで野口君もはっとしたと見えて、夢でも覚めたように声を出して笑った。私は、

「何だ、君のは熱の病人見たいな笑い声じゃないか。」と言うと、

「ああ、つい釣り込まれちゃった。東京に行きたい。ねえ!」と言って私の肩を打った。

「行こうよ。」私は調子よく言ってしまった。野口君はしばらく沈んでいたが、

「東京は夜でも明るいやね。それにあの華々しい女の声が聞きたい。」と言って、冗談《じょうだん》らしく笑った。

こうして話しているうちに、私達はいつか町はずれの松並木の前に出ていた。


夕方、私は一人でぽつねんと食事をしていると、隣りの人達が帰って来た。「ああ、弱ったね。今日は!」と室に入るとまず重荷をおろしたと言った調子で一人が言った。例の紋付だ。

「いや、実に君の手腕には敬服した。実に君は外交家だ。」と一人が感嘆した。

「なに、ああやらねばいけないんだ。女の集まったところでは、一方ではああやって煽《おだ》動て置いてね、承知してもしなくっても、話をずんずん進めて行かないと、ことはまとまらないからね。……だけれど君、うまく行った。郡長の夫人はさすがよく分ってる。そりゃ経験のある人の言うようにしな

ければって、さすがだね、あれは分ってるよ。」

一人の方はただうなずいている様子だ。

「ああ良く行ったね。これも全く君、郡長の夫人の盡力《じんりょく》だよ。それでね、君は明日はね、昨日うつして置いた名簿を持って行って、会員のところを訪問するんだ。するとね、君、大抵の家では主人が留守だからと言ってことわるからね。行くと、誰か出てくるね、その時にすぐ郡長の夫人から参りましたがと、やってしまうんだ。そうすれば誰でも郡長の夫人だからすぐ逢うからね。その時にこれこれだと言い出すんだ。すればきっと一枚や二枚はいやだと言えないじゃないか。」

「成程！」と、一人が深く感じたように小声で言った。

「女ってものは君、名誉心が強いね。今日で見たまえ。あの若い細君が、小学校の先生が発起人に名を出すなら、私のも出せと言ったじゃないか。あれだからこんどでも、すぐまとまったのだ。」

「それで」と急に言葉を改めて、「明日は切符を印刷しなければ、白と青と、赤と、……君、ここでは(と声を低くした)まだ音楽会などをしたことはないと見えるね。入場券を五十銭、二十銭と言ったら皆で反対したではないか。十五銭、十銭、五銭にするなんて……」

その時に膳を運んで来たと見えて、話は止んだ。私は例の紋付の赭《あか》い面《つら》を思い浮べた。

夜、私は室で野口君や、その友人のくるのを待っていた。

食事がすむと、隣りではまた話がはじまった。のびのびした調子で互いに生国や、若い時分の——二人とも四十三とか五と言っていた。——ことを話し出した。一人の男は信州で生まれて東京で育ったといっていた。

「僕も長く東京にいた。」と伊勢の男は自慢らしく言った。

そのうちに、私の室には三人の客が来た。みな野口君や私と同年ぐらいの人だ。で急に賑やかになった。

六

つぎの朝も、私が起きた時には隣りではもう出ていていなかった。

昼の食事を運んで来た時に、下女がしきりと孤児院の慈善音楽会が町で大評判になっていることを話した。演奏者は町の人達で、それぞれ隠し芸を見せると言った。

午後、私は野口君の誘いにくるのを待って、じっとしていると、町を芝居の寄太鼓《よせだいこ》をたたいて通った。芝居も今夜からはじまるのだ。

夜は雪が降り出した。その中を私達は四五人連れでその芝居を見に行った。更けてから帰ってくると、見る間にすっかり雪が積っていた。静かに、ああこの町は眠り切っている。静かな中に何物か大きな足で、町の上を歩いて行くのであるようだ。私は歩きながら、野口君に、

「雪国だね。」と言った。

「まだ今日は風がないから。」と野口君は答えた。

宿に帰って、私は寝ようとして、寂然《しん》とした心持ちになると、隣室の人達が計画している音楽会が、この今夜のように静かに眠っている町に、何か新らしい波紋を起こそうとしているように思われる。で、心に隣室の人の顔を思い浮べて、しみじみとこう思った。文明の悪い波の端《はし》が、押し寄せて来ようとしているのだ。こんなところの女までがおだてられて、仕事の真似をするのか……と。

七

つぎの夜、私の室にまた三人の青年が集まった。その中の一人がこんな話をした。

「今日昼になす、裏町では（遊廓のある町）大騒動だった。昨夜の役者が一同で大浮かれさ。」

それで、私は、

「ほう、なるほど、夜は行かれないから昼間行くんですね。」と言ったが、旅から旅に渡って歩く淫蕩な男と、操《みさお》と言うことを壊されてしまった女とが、相抱いて別れる時にも、捨てたものとも、拾っ

たものとも思わないように両方で平然としているその顔が見たいような気がした。それを話すと、それから、恋に対する話がさかんに起こった。

そのうちに夜も更けた。四人とも話に倦んだ顔をしていると俄かに家が揺れ出した。

「地震!」と一人は腰を立てかけた。

「まあ、静かにしたまえ。」と私は坐ったままでその人を制したが、しだいに強く揺れる。するとMと言う人は立って釣るしてあるランプを押えた。野口君は入口の唐紙を開けた。

そして、四人はじっと顔を見合わせていると、ぐっすり寝ている隣室で、

「おい、おい。」と寝惚《ねぼ》けた声をして、一人を起こし出した。

「地震だ、地震だ。」と早口に言うと、俄かに二人とも起き上って、カタカタ言わせ出した。そして、見ていると、両手に一杯荷物を提げながら、寒そうに身をかがめてしょぼしょぼと、私の室の前を通って行った。

その時は、地震はすでにおさまっていた。

私達は四人で、何と言うことはなしに、その姿を見て手を拍《う》って笑った。


(四十二年四月作)

夜の浪

水野仙子

どちらから誘ひ合ふともなく、二人は夕方の散歩にと二階を下りた。婢《はしため》が並べた草履の目に喰ひ入つてゐた砂が、聰《さと》くなつてゐる拇指の裏にしめりを帶びて感じられた。

『いつてらつしやいまし。』と、板の間に手をつく聲が、しばらく後を見送つてゐることゝ、肩のあたりにこそばゆい思をしながら、あの女にも嫉妬を持つと民子は自分の胸のうちを考へた。綺麗な女ではない、けれどもそのおとなしさと、少くも自分がここに來るまでの幾日間を心にかけて朝晩の世話をしたといふことに――それは都で受け取つた手紙の中に書き插《はさ》まれてあつた――嫉妬らしい思が湧くのである。明日は馬鹿らしいこの思に、愚《おろか》しい懸念の輪を一つ一つかけながら、ここを離れて行かなければならない……と思ふと、うなだれ氣味に一足二足おくれて行く民子の前に、白絣の胴を締めた白縮緬《しろちりめん》の帶の先が搖れつゝあつた。

先の草履の音の行くまゝに民子は從つた。草の根に縋つて僅な崖を攀《よ》ぢる時、默つて握つたまゝ渡されるまゝに、默つてその手のぬくみの殘つた草の根を握つた。さうして小高い丘に立つた時、ふと振りかへつたとほりに民子もまた振りかへつた。遙に低く見える宿の二階の二人の部屋に、窓のカアテンが白く二人の目を捕へた。その小窓に倚りかゝつて、二人が見合せたあの時の目の微笑を思つた時、民子の胸は再びそのあぢはひを經驗した。

岬の中腹を低く高く導いて行く小道に、一つ二つ河原撫子のいたいけなのが叢の中に咲いてゐた。いつもならば大裟裟な表情の聲をあげて、危かしいところならば摘んでも貰ふものを、民子はたゞ認めるだけの目を注いで過ぎた。

　世間を忘れて明した今朝も、晴々しい朝の氣になほ幾日かのたのしい夢が續《つゞ》くのを占つたかひもなく、午前の便で着いた姉からの手紙を披いて讀んで行くうちに、民子は間もなくここを去らなければならないことを覺悟した。二人の上に就て、たゞ一人の同情者である姉は、中一日を置いて歸國の旨を言ひ送つて來たのであつた。それには民子を伴ふことに就ては一言も書き及ぼしてはなかつたけれど、姉のみ歸《かえ》つた時の母の失望と疑惑とを思つては、民子はどうしてもすぐにここを去らなければならないと思つた。それに今度の深い探い決心を持つて歸國《きこく》するには、助言のために姉の感情も考へなければならなかつた。しかしそれはあまりに殘をしい悲しいわかれであるために、民子は歸るといふことに就てはまだ一言もいひ出さなかつた。

　あらゆるものを彈いてたゞ二人が二人の息をしてゐた日は、僅ではあるが尊いものであつた。一またゝきにも、その唇の微なふるへにも、二人にのみ動く神經が、どうして一つの胸にばかり思の宿るのを見逃して置かう。民子の考は男の思であつた。

　たとへ二人は間もなく二人の生活をはじめるのであるにしても、それはまたある時のことであつて、現在の滿足を失ふかなしみには、漸く見出すほどの慰藉《いしや》に過ぎないのである。四つづつついた砂の足跡も、明日からは寂しく二つづつ殘るであらう。浪に、砂に、それとない告別の目が民子の顔色を沈ませた。その顔色がまた男の顔色であつた。

自分の心を悟つてゐる男の心をまた悟つて、その沈默を破るのを恐れるやうに、民子はやはりいつまでも默つてついて行つた。潮風は一足毎に岬の鼻に近づくに從つてしめりを加へて來た。耳になれた浪の音は、次第次第にその度を高くして行く。ふと民子は立ち止つた。それは導くあゆみがぴたりとそこに止つたからであつた。見ると、白絣《しろがすり》の袂の下に踞《かが》んで、一人の媼《おうな》が何やら摘み取つては籠の中に入れてゐる。

二人がそこに立ち止つたので、媼は體《からだ》を崖の方に寄せて、背をそばめて道を開けようとした。けれども二人はしばらくそこに立つて、ぽきぽきと音をたてゝ摘まれる草の手元を見入つた。

『おばあさん、なんだいその草は?』と、初めて男によつて口が開かれた。

『これかね、これあ濱菊つてまさあ。』

『なんするんだらう?』

それはひとりごととももつかず言ひ出された言葉であつた。

『土用の牛の日にね、これを摘んでて、風呂に入ると、リウマチなんぞにそりやあよくきくんでさ。ここらの奴どもあ、誰もこんな有り難いことを知りあがねえんさ、ほんに勿體《もつたい》ねえ、こんなにどつさりあるものをさ。』

媼はぶつぶつ呟くやうに言ひながら、貪るやうにぽきぽきとその有り難い藥草を折り溜めた。投げ入れられる草は、籠の中に氣のせいほどのしほれを見せて積み込まれた。

二人はやがてまた默つて歩き出した。岬の頂には、待ち構へたやうな潮風が、はらはらと浴衣の袂を弄んだ。南上總の海は、靜さのうちに徐々として黒みを加へつつあつた。斷崖の先に打ち込まれた幾本かの杭に引いた針金のゆるみが、搖ぐほどに時たま風は強く吹きあげる。

『あの船は歸《かえ》るんでせうか、行くんでせうか?』

民子はしづかにその杭の一つにつかまりながら言つた。

遙の沖に一つ小鳥のとまつたやうにぢつとしてゐる船は、少しづつ動くやうでもあれば、また動かぬもののやうにも見えた。

『さあ。』

しばらくして男は言つた。

『今時分出て行く船もあるまいから、その邊《あたり》で漁でもしてるのだらう。ごらん、ぢつとしてるぢやないか。』

はらはらと鬢の毛が頬を撫でる。

空と海との境は紛るゝほどになつた。たゞ下にはちらちら閃くものが走り、上には雲らしいものがかすかに薄く漂ふのである。

『まだ動きませんね、あの船は。』

『…………』

民子はふとその顔を仰ぎ見た。

かなしみを含んだ男性の沈默、その目は暮れて行く浪の面に動かず注がれて沈んだ。民子の胸には、言ひやうのない感激がかなしさを誘つて流れた。

『民さん。』

『え？』

『明日歸るつもりなんだらう？』

『………』

『ね？』

『えゝ。』

この時矢のやうに走つたいとしさが民子の胸を震はした。それは生れて二十二年を經て初めて湧くおもひである。

『この人が？ ……この人が？ ……』と思つて、つくづく親しくその顔を眺められた朝から、思ひもかけぬ感情のはたらきが民子の心を支配した。これがわが言ふことであらうかと思はれるやうなうるほひのある言葉も、體《からだ》の曲線のうねりも、少女の持つ寶《たから》として、それは戀《こい》の鍵に依つて開かれたのである。

『ぢやあね、九月を待つてるよ。ね、九月になつたらきつと出て來なけりやいけないよ。何もかも民さんの決心一つなんだから……』

民子は默つて合點《がてん》をした。包むやうな男の胸の匂が、ふと記憶を掠めて消えた。

『もう歸らう！　だんだん暗くなつて來た！』

その聲に、慴《おび》えたやうに民子は立ち上つた。

『あら！　あの船はまだぢつとしてますよ！』

思ひもかけなかつたやうな驚異の言葉は、ふと出てその半を潮風に掠《さら》はれて行つた。

船の影は黒くなつて死んだやうに靜止してゐる。浪といふ浪はすつかりそれ自身のうちに薄い暗を吸ひ取つてゐた。


簾戸を漏れる燈の影が、涼しく縁側を越えて庇の屋棍瓦にその末を投げてゐる。紙を走るペンの音が、そのあかるい灯の中から聞えた。民子の姉に齎《もたら》す手紙が、男によつて一心に書かれつゝあるのであつた。なんとはない溜息が一ぱいにつまつたやうな胸を抱へて、民子は先刻から廊下に出てゐた。欄干といはず、柱といはず、潮氣を含んでしとしとになつた不氣味さも、海の宿の思出の一つと明日からはなるのであらう。

すぐ目の下の入江に寄せる夜の浪は、月のないのにじれる腹立だしさのやうに、どゞゞどうと岩に碎けては、ざあと勢こんで引いて行く。僅に波頭の光るのが、碎けては黒い浪の畦に白い飛沫となつて散つた。果もなく續《つゞ》く濤《なみ》の音は、幾千年の昔から幾らの年の未來に渡つてその響を傳へるのであらう? 小さなる人間の肉體《にくたい》や、精神や、思想やを無視して、絶對《ぜつたい》の無に動いてゐる濤には、怨恨もなく、愛情もなく、故意もなく、偶意もないわけであつた。弄ぶでもなく、運ぶでもなくに運ばれた一つの物體《もつたい》が、どこかの果に漂ひ寄つたとしても、そこに人間の發見の目がなかつたならば、それは偶然とも言へないのである。藻の一房のたゞよひも、杭一本の漂着も、たゞ人間の考に依つて意義をつけられるのであつた。おゝ大自然よ!

ふと民子の胸にはある不安が萠《きざ》した。海草の漂ひ寄つたにも等しい自分のこの一週日ばかりの生活が、この無心に雄大な浪に再び根を誘はれるやうな機會が、明日のわかれではないかと思つた時にであつた。と思ふと、二日ばかり前に、慰み半分に寫眞を撮影してゐる貝細工屋の主人を招んで、二人がたのしい生活の記念にと、ある夕方岩の上と下とに立つて撮らせた寫眞が、時刻が遲かつた爲にだめだつたと言つて來たことを思ひ出して、その薄ぼんやりとした映像を目のあたり見るやうな氣がしながら、それが何かの凶い兆でもあるかのやうに思ひだされるのであつた。

ことこと、こととと簾戸を搖《ゆさぶ》る潮風と、絶間ない濤聲《とうせい》に、はたはたと廊下を行く草履の音を空聞きして、民子はまたしてもふとあの可憐なおとなしい婢《はしため》のことなども思ひやつた。

ペンの音はなほ續いてゐる。

夜の浪は寄せて碎けて、引いて、散つて、また搖れた。それはいつまでもいつまでも止まぬ活動であつた。

モルガンお雪

長谷川時雨

PAR AV
PAR AVION

一

まあ！

この碧《あお》い海水《みず》の中へ浸《ひた》ったら体も、碧く解けてしまやあしないだろうか――

お雪は、ぞっとするほど碧く澄んだ天地の中に、呆《ぼん》やりとしてしまった。皮膚にまで碧緑《あお》さが滲《し》みこんでくるように、全く、此処《ここ》の海は、岸に近づいても藍《あい》色だ。空は、それにもまして碧藍《あお》く、雲の色までが天を透かして碧い。

「まあ、何もかも、光るようね。」

「碧玉《コートダジール》のふちべというのだよ。」

と、夫のジョージ・ディ・モルガンは説明した。

お雪は、碧い光りの中に呆《ぼん》やりしてばかりいられなかった。

白堊《はくあ》の家はつらなり、大理石はいみじき光りに、琅玕《ろうかん》のように輝いている。その前通りの岸には、椰子《やし》の樹《き》の並木が茂り、山吹《やまぶき》のような、金雀児《エニシダ》のようなミモザが、黄金色の花を一ぱいにつけている。

岸の、弓形の、その椰子の並木路を、二頭立《だて》の馬車や、一頭立の瀟洒《しょうしゃ》な軽い馬車が、しっきりなしに通っている。めずらしい自動車も通る。

「ニースって、竜宮《りゅうぐう》のようなところね。」

お雪は、岸から覗く海の底に、深い深いところでも、藻のゆれているのが、青さを透して碧く見えるのを、ひき入れられるように見ていた。足許《あしもと》の砂にも、小砂利《こじゃり》にも、南豆玉《ナンキン》の青いのか、色硝子《ガラス》の欠けらの緑色のが零《こぼ》れているように、光っているものが交っている。

「あたしは、一度でも、こんな気持ちのところに、いたことがあっただろうか――」

お雪は思いがけないほど、明澄《めいちょう》な天地に包まれて、昨日《きのう》まで、暗い、小雨がちな巴里《パリ》にいた自分と、違った自分を見出して、狐《きつね》につままれたような気がした。

「巴里は、京都を思い出させたようだったからね。」

モルガンは、此処へ着くと急に、お雪が、昔のお雪の面影《おもかげ》を見せて、何処《どこ》か、のんびりとした顔つきをしているのが嬉しかった。もともと淋しい顔立ちだったが、日本を離れてから、目立って神経質になり、尖《とが》りが添っていたのが、晴ればれして見えるので、

「以前《もと》のお雪さんになった。」

と悦《よろ》こんだ。

ニコリと笑ったお互《たがい》の白い歯にさえ、碧さが滲《し》みとおるようだった。

「何見てるです。」

と言われると、お雪は指のさきを、モルガンの眼のさきへもっていって、

「手のね、指の爪の間から、青い光りが発《で》るようで――」

と眼をすがめて見ているお雪があどけなくさえ見えるのを、モルガンは、アハハと高く笑った。

「あなたは、ニースへ着いたら、拾歳《とお》も二十歳《はたち》も若くなった。もう泣きませんね。」

「あら、あて、泣きなんぞしませんわ。」

「此処の天《そら》の色、此処の水の色、あなたを子供にしてくれた。気に入りましたか?」

お雪は、それに返事する間もなかった。急いでモルガンの肘《ひじ》を叩いて、水に飛び込む男女を、指さした。

「人魚《ニンフ》、人魚《ニンフ》。」

若い女の、水着の派手な色と、手足や顔の白さが、波紋を織る碧い水の綾のなかに、奇《あや》しいまでの美しさを見せた。

「西洋の人って、ほんとに綺麗ね。」

溜息《ためいき》といっしょに、お雪が呟《つぶや》くようにいうと、

「そのかわりあなたのように、心が優しくない。」

と、モルガンは妻の手をとった。

帽子をとったお雪の額をグッと髪の上までモルガンは撫で上げたとたんに、彼は叫んだ。

「おお、マリア観音!」

好奇にみちた彼の眼は素晴らしい発見に爛々《らんらん》と燃えて、

「うつくしい、うつくしい。大変に美しい。」

とお雪の頭を両手でおさえたまま、いつまでもいつまでも見入るのだった。

白皙《はくせき》の西洋婦人《ひとたち》にもおとらないほど、京都生れのお雪の肌《はだ》は白かった。けれど、お雪の白さは沈んだ、どことなく血の気の薄い、冷たさがあって、陶磁器のなめらかさを思わせる、寒い白さだった。それが、明澄《めいちょう》な碧緑《みどり》の空気の中におくと、広い額の下に、ふっくらした眼瞼《まぶた》に守られた、きれ長な、細い、長い眼が——慈眼《じげん》そのもののような眼もとが、モルガンが日本で見た、白磁の観世音《かんぜおん》のそれのようだった。

と、いうよりも、いま、お雪の全体が、マリア観音の像のように見えたのだった。キリシタン宗門禁制、極圧期に、信者たちは秘《ひそか》に慈母観音の姿ににせて造ったマリアの像に、おらっしょしたのだという、その尊像を思いうかべるほど、今日のお雪は気高《けだか》く、もの優しいのだった。

おお、あそこの岩窟《がんくつ》のなかに据えたならば、等身の、マリア観音そのままだと、モルガンがお雪を愛撫《あいぶ》する心は、尊敬をすらともなって来た。

「お雪さんを、わしは終世大事にします。」

模糊《もこ》として暮れゆく、海にむかって聳《そび》ゆる山の、中腹に眼をやりながら、モルガンは心に祈るようにすら言った。

お雪は、そういってくれる夫の、眼の碧さから、眼も離さないで、

「あたしこそ、あんなに騒がれて来ましたのですもの、あなたに捨てられても、おめおめと日本へ帰られはしません。」

お雪の背中に手を廻して、モルガンはひしと抱きよせた。口にこそ出せないが、感謝と慚愧《ざんき》とをこめた抱擁だった。

——お互に、痛手はあるが、もう決して今日からそれをいわないことにしよう——

男の心にも、女にも、そんな気持ちが、ひしひしとして、二人の魂を引きしめさせた。

「ニースへ別荘をつくろうか。」

モルガンは気を代えるようにいうのだった。

モルガンにすれば、はじめてニースに来て見た旅行者《エトランゼ》ではなかった。幾度か華《はな》の巴里《パリ》の華やかな伊達女《だておんな》たちと、隠れ遊びにも来ているのだが、不思議なほど清教徒《ピュリタン》になっていた。

一流のホテルが、各自《たがい》にその景勝の位置を誇って、海にむかって建ち並んでいる。その前側が大きな弓型の道路で岸の中央に、海に突出して八角の建物のカジノ・ド・フォリーが夢の竜宮のように青ばむ夜を、赤々と灯《ひ》を水に照りかえしている。

ホテルの窓々からも、美しい灯が流れ出しはじめた。山麓《さんろく》のそこ、ここからも竜燈《りゅうとう》のような灯が点《とも》りだした。天の星は碧く紫にきらめいているが、竜燈は赤く華やかだ。

「青い月。」

と、モルガンは、窓へお雪を呼んだ。

「こんな月、見たことありますか。」

え、とお雪はうっかりした返事をしていた。洛外嵯峨《らくがいさが》の大沢の池の月――水銹《みさび》にくもる月影は青かったが、もっと暗かった。嵐山の温泉に行った夜の、保津川《ほづがわ》の舟に見たのは、青かったが、もっと白かった。

宇治橋のお三の間で眺めた月は――といいたかったが、それは誰と見たときかれるのが恐《こわ》くって、お雪は、ふっと、口をつぐんでしまった。


お雪に、竜宮城へ泊ったような夜が明けた。

お雪が長く見なれて来た、京都祇園《ぎおん》の歌舞の世界は、美しいにはちがいないが、お人形式の色彩だったから、お雪はあんまり明澄すぎる自然に打たれると、かえって、覚《さ》めているのか現《うつつ》かわからない気がして、夢幻境にさまよう思いがするのだった。

全く素晴しい朝だった。天地の碧藍《みどり》が、太陽の光りを透《とお》して、虹の色に包まれて輝いている。

「海の向うの、ずっと先方の方は何処ですの。」

「この碧玉の岸《コートダジール》にも、椰子《やし》の樹《き》が並んでいるでしょう。地中海《うみ》を越した向うは、アフリカの熱帯地ですよ。それ、あすこがコルシカ島。先日話したナポレオンのこと知ってるでしょう。此処いらは海アルプス。この後《うしろ》の峰がアルプス連山。」

モルガンは細かく教えてくれて、散歩に出て見ようと誘った。

「ええ、あの椰子の下のベンチへ腰かけて見ましょう。」

「その前に、朝の市《いち》を見せよう。」

モルガンは花の市のように、種々《いろいろ》な花があって、花売りの床店《とこみせ》が一町もつづいている、足高路《あしだかみち》の方へお雪を伴った。

朝市には、ニースに滞在している人たちが、買出しかたがた散歩に出て賑《にぎ》わしかった。お雪はまた呆《ぼん》やりしてしまった。花の香に酔ったように、差出されるままに買いこんでは抱えた。何処から尾《つ》いて来たのか、籠《かご》をしょった、可愛い伊太利亜《イタリア》少年が傍にいて、お雪が抱えきれなくなると、背中の籠へ入れさせた。

「夫人《おくさん》、夫人《おくさん》。ああ好い夫人だ。お美しいお顔だ、お立派なお召物だ。」

花売りの女たちは、しきりに買手の女たちを褒《ほ》めている。そうかと思うと、

「なんだ、お前なんかに、こんな好い花が買えるものか。この好い匂いがわからないんだ。けちんぼう女《め》。」

と、いくら進めても買わない客の後姿に罵《ののし》っている。

「あら、鮮魚《おさかな》が――」

お雪は、鮮魚の店へひっかかって、掬《すく》い網を持ってよろこんだ。

大きな盤台《ばんだい》に、ピチピチ跳《はね》る、地中海の小魚が、選《よ》りどりにしゃくえた。ヒラヒラと魚躰《からだ》をひるがえすたびに、さまざまの光りが、青い銀のような水とともにきらめいた。また一人の少年が、お雪のお小姓《こしょう》のように、すぐにそれを受けとっている。

お雪は、ふと、美しい着物は着ていたが、なんにも、購《か》いたいものも購えなかった、芸妓《げいしゃ》時代の窮乏を思いうかべた。それよりももっと、幼年時代、新京極あたりの賑やかな町を通っても、金魚店の前に立っているだけで、自分で思うように、しゃくって買った覚えのない、丸い硝子玉の金魚入れがほしかった事を、思い出すともなく思いだしていた。

モルガンが払う金を見ていると、夜店の駄金魚を買うのとは、お話にならないほど高い金を、お雪の一時の興味にはらっているのだった。

青い迷送香《まんにょうこう》、赤い紫羅欄花《あらせいとう》、アネモネ、薔薇《ばら》、そして枝も撓《たわ》わなミモザ。それはお雪の手にもモルガンの小脇《こわき》にも抱えこぼれ、お供の少年の、背中の籠にも盛りこぼれるほどだった。

「この花を、室中《へやじゅう》へ敷いて、お雪さん休みます。」

と、モルガンはいっているが、黄金《こがね》色の花が、みんな金貨のような錯覚をお雪に与えた。ダイヤモンドばかりでなく、自分の身からも光りが発しるような気がした。四万円で購《か》われた身だということに、今まで妙に拘《こだ》わっていたのさえ変な気がした。

こんなに親切にしてくれた男はあったか――お雪は、ミモザの花に埋もれたようになって、椰子《やし》の木影のベンチに、クタクタといた。

情人《おとこ》はあった。楽しかった人と、悲しかった人と――けれど、モルガンのような親切な男は、ない。はっきりと、ない、と心にいって見ると、ふと、日光《ひかげ》が翳《かげ》ったように、そうでない、みんな親切なのだったのではないかと、はじめて気がついた。

楽しかった人――それは粋《いき》なことを書いていた、筆の人だった。悲しかった別れの人、それは京大法科の学生だったが、大阪の銀行にはいった人だった。

あの人たちは、モルガンが、こんなに良くしてくれるのを知って、わたしを幸福に暮させようとしてくれたのかも知れない。

そう考えると、お雪はホロホロとした。言葉もわからない外国へわたしをやってしまうなんてと、怨《うら》んだ事も、馴《な》れて見れば、今日のような日もある――

お雪の心は、悲しいほど柔《なご》まっていた。

一生をモルガンにまかせて、何処ででも果《はて》よう、国籍は、もう日本の女《もの》ではないのだという覚悟が、はっきりした。

「パリと異《ちが》って、こんな明《あかる》いところでも、そんなに淋しいのですか。そのうちにまた京都へ行きましょう。」

モルガンは、お雪が望郷の念に沈んでいるのだと思って慰めた。

「いいえ、決して淋しくありません。」

どういたしまして、心淋しかったのは、かえって京都にいた時ですとお雪は言いたかった。それは、モルガンがお雪と結婚して米国へ一緒に立ってから、一年ほどして、京都へ遊びに帰った時のことだった。南禅寺の近く、動物園のそばの、草川《くさかわ》のほとりの仮住みの別荘へ、

「あんた、油断してはならへんがな。」

と注進するものがあって、風波が立ちかけたことがある。

「あんた、先度《せんど》お出《いで》やはった時に、わてに口かけときなさりながら、島原《しまばら》の太夫《たゆう》さん落籍おさせやしたやないか。いいえ、知っとります、横浜へ、あんたさんの後追いかけて、その太夫さんがお出《いで》やしたことも。よう知ってますがな。」

と、やかましいことになったのだった。まだ、お雪の話が纏《まと》まらないうちに、島原遊廓の、小林楼の雛窓太夫《ひなまどだゆう》を、モルガンが、内密で、五百円で親元根引《おやもとねび》きにさせたことを持出して、お雪はその時のことも、本当だろうと気にしたのだ。

一年ぶりで、花の春の、母国へ訪ずれて来たお雪は、知る人も知らぬ人も、着物も、匂いも、言葉も、懐《なつか》しかったので、忙《せわ》しなく接していた。恰度《ちょうど》日本は、露国との戦争に、連戦連勝の春だった

ので、草川の家の軒にも、日米の国旗を掲げて、二人は賑《にぎや》かな心持ちでいた。

折もおり、丸山公園の夜桜も盛りであったし、時局の影響で遠慮していた、島原のものいう花の太夫道中も、その年は催おされた。

道中の真っさきには、若手の芸妓が綱をとって花車《だし》が曳《ひ》き出され、そのあとへ、先頭が吉野《よしの》太夫、殿《しんが》りが傘止めの下髪《さげがみ》姿の花人《はなんど》太夫、芸妓の数が三、四十人、太夫もおなじ位の人数、それに禿《かむろ》やら新造《しんぞう》やらついて練り歩くのを、外国人の観覧席は特別に設けたという後だったので、お雪は雛窓のことを思い出して、カッとなったのだった。

——あたしの顔をつぶすのか——お雪は外出するのも厭《いや》な気持ちになってしまった。

お雪には、モルガンに、他に増花《ますはな》が出来たという噂《うわさ》がたつことが、何よりも愁《つら》いのだった。だから、あんなに恋しかった日本も京都も、長居する場処でないとなると、フランスに帰ろうというよりほかはない。

「どうして、アメリカへお出《いで》にならないんです。」

と聞かれでもすると、モルガンが、フランスが好きなのですと答えたが、其処《そこ》には、この夫婦が口にしないで、いたわりあっている、夫婦の間でも秘密にしていることがあったのだ。

——姉《ねえ》さんたちも、お母さんも、楽々と暮しているようだ——

それで好《い》いのだ、わたしに後の心配はすこしもない。とお雪は叫びたかった。四万円の身《み》の代金《しろきん》で姉さんは加藤楼の女将《おかみ》になっている。百五十円の月手当は老母《としより》の小遣いには、多いからとて少なくはない。

お雪は、ミモザの花と日光の黄金の光りのなかに、蜂《はち》のように身軽にベンチから跳ねおきて、

「さあ、もう、あたしは明るくなった。」

と、しっとりと濡《ぬ》れた心を、振りゆすって言った。

「カジノへ行って見ましょうか、あたしでも賭《かけ》に勝つかしら。」

「いいえ、僕は、こんな快《こころよ》い気持ちのときに、君の胡弓《こきゅう》が聴きたいのだ。どうぞ、弾《ひ》いてください、梨《なし》の花のお雪さん。」

「それも好いでござんしょうね。」

お雪はさからわなかった。四万円のモルガンお雪と唄われたローマンスは、胡弓の紘《いと》のむせびが、縁のはじまりでもあったから、モルガンも今、自分とおんなじような思出にひたっていたのだなと、

「室《へや》へ帰って弾きましょうか、此処へ持って来ましょうか。」

「岸はあんまり人がいすぎるね、馬車も通るし。」

「でも、みんな、知ってたことですもの。」

お雪がほほえんでそう言ったのは、自分たちの情史は、あんなに評判されたからという意味だったので、モルガンは愉快に笑った。

――お雪が、二度と語るまい、また、弾くまいと、その時、モルガンと自分との恋のいきさつを、胡弓の絃に乗せて、あの、夢のような竜宮、碧藍《みどり》の天地へ流したそれを、かいつまんで伝えればこんなことになる。

京都の、四条の橋について、縄手《なわて》新橋上《あが》ルところに、小野亭というお茶やがあった。外国人ばかりをお客にするので、そこに招《よ》ばれる妓《こ》を、仲間では一流としない風習があった。

鴨川《かもがわ》をはさんで、先斗町《ぽんとちょう》と祇園。春の踊りでも祇園は早く都踊りがあり、先斗町はそれにならって鴨川踊りをはじめた。そのまた祇園の歌妓《かぎ》、舞妓《まいこ》は、祇園という名の見識をもたせて、諸事鷹揚《おうよう》に、歌舞の技業《わざ》と女のたしなみとを、幼少から仕込むのだった。

縫いの振袖に、だらりに結びさげた金襴《きんらん》の帯、三条四条の大橋を通る舞妓姿は、誰《た》が家《や》の姫君かと見とれさせるばかりだった。そうした舞妓時代を経ないものは、祇園の廓内《くるわうち》でも好い位置を保てないのが不文の規則なのだ。出入りのお茶やにも格があったのだ。

十九のお雪に、小野亭の仲居《なかい》がささやいた。

「あんたを、あの外国人が、ぜひ梅《うめ》が枝《え》に連れて来ておくれと言うてなさるが――」

梅が枝は円山《まるやま》温泉の宿だった。

「モルガンさんいうて、米国の百万長者さんの、一族の息子さんやそうな。」

日本の春を見に来たモルガンは、沢文《さわぶん》旅館の滞在客で金びらをきっていた。

二

金持ちや美男に、片恋や失恋などがありましょうかと、簡単にかたづけられてしまいそうだが、恋というものの不思議さは、そこだといえないでもない。

およそ、見るほどのものを陶然とさせ、言い寄られた女性たちは、光栄とも忝《かた》じけなしとも、なんともかとも有難く感じ奉《たてまつ》ったあの『源氏物語』の御《おん》大将、光る源氏の君の美貌《びぼう》権勢をもってしても、靡《なび》かなかった女があったと、紫式部が、当時の生活描写を仔細《しさい》にとり入れて書いた作《もの》さえある我国である。

金と男ぶりとだけがものをいうのなら、むかしゃ仙台さま殺しゃせぬで、新吉原の傾城高尾《けいせいたかお》の、大川の船の中での、釣《つる》し斬《ぎ》りの伝説は生れはしない。

米国の百万長者、モルガン氏の一族で、未婚で、美貌な、卅歳の青年も、お金と美貌だけではこの国の女は思うままにならなかったのだ。

要約すれば、明治卅年ごろは、金の威光が今ほどでないとはいわないが、女の心が、物質や名望に淡《うす》かった。廓の女でも、躰《からだ》は売っても心は売らないと、口はばったく言えた時代で、恋愛遊戯などする女は、まだだいぶすけなかったのだ。――すけなかったというので、なかったとはいえない。

甚だよくない言いかただが、男地獄買いという嫌な字と、貴婦人醜行という拭《ぬぐ》えないいとわしい字があるが、それは、他のことで、その時代を書く時に、そんな嫌な言葉を生んだ風潮を弁明して、全《すべて》の女性に負わせられた恥辱をそそごう。

ところで、ここにまた、不思議なことに、かつて成恋《せいれん》した男性を奪うということは、ある種の女には誇りとする傾きがある。その代りにまた、失恋した人、厭《きら》われた男ときくと、その人を見下げないと、自分の沽券《こけん》にさわるように見もしかねない。だから、あんな奴にと思うような男に多くの女がひっかかって、恋猟人《ラブハンタア》の附け目となり、釣瓶《つるべ》打ちにもされるのだ。

そこでモルガン氏に帰れば、彼は、米国から、失恋の痛手を求めに、東洋へ来たのだと、何処からとなく知られていた。フランスでも癒《いや》されない恋の痛手を、慰撫《いぶ》してくれる女を、東海姫氏国《とうかいきしこく》に探ねて来たのだと噂された。

しかし彼は、かなり金ビラをきって情界を遊び廻り、泳ぎまわった割合に、花柳《かりゅう》の巷《ちまた》でさえ、惚《ほ》れた女を、幾度も逃している。

モルガンは、お雪と逢ったはじめは、お雪の十九の年で、あっさりと別れているが、お雪の廿一の年に来て恋心を打明け、廿三のときに正妻に根引きした。それが三度目に日本へ来たときのことで、その後、結婚して帰国した次の年に一度、また次の年に来て、それきりモルガン氏も日本へは、バッタリ来なくなってしまったのだ。

お雪との交渉もまだはじまらない時分、京都へも足を踏み入れない前に、モルガンは惚れた人がある。それは、芝山内《しばさんない》の、紅葉館《こうようかん》に、漆黒の髪をもって、撥《ばち》の音に非凡な冴《さ》えを見せていた、三味線のうまい京都生れのお鹿《しか》さんだった。

お鹿さんは、お雪とは、全然容子《ようす》の違う、眉毛《まゆげ》の濃い、歯の透き通るように白い、どっちかといえば江戸ッ子好みの、好い髪の毛を、厚鬢《あつびん》にふくらませて、歯ぎれのよい大柄な快活な女だった。

お鹿さんは江戸の気性とスタイルを持った京女——これは誰でも好くわけだ。前代の近衛《このえ》公爵のお部屋さまになる女《ひと》だったが公爵に死なれてしまった。筆者《わたし》が知っている女では、これも、先代か先々代かの、尾張《おわり》の殿様をまるめた愛妾、お家騒動まで起しかけた、柳橋の芸者尾張屋新吉と似ている。私が新吉を知ったのは、愛妾をやめたあとだから、幾分ヤケで荒《すさ》んでいたが、当代の市川猿之助《えんのすけ》の顔を優しくして、背を高くしたらどこか似てくるものがある女《ひと》だった。

「おしかさんは、支那の丁汝昌《ていじょしょう》が、こちらにお出《いで》になったころ、とても思われていたのですよ。」

と、ある時、紅葉館で、一番古参だったおやすさんという老女《ひと》が、わたしにしみじみ話してくれたことがある。

「おしかさんの傍をお離れにならないで、それはお可哀そうだったの。」

それでも、おしかさんは、みんなが別格にあしらっていたほど、近衛さんの思いものだったから、丁汝昌は清国《くに》へかえってからも、纏綿《てんめん》の情を認《したた》めてよこしたといった。

日清《にっしん》戦争がはじまってからも、水師提督はおしかさんを忘れなかったのだということを、お安さんは知っていたという。だが、二十八年二月、日本海軍が威海衛《いかいえい》を占領した時に、丁汝昌は従容《しょうよう》と自殺してしまったのだ。

その後、幾度か、あたしはおしかさんの秘話を聞いて、一人の女性の運命と、生きていた時代との記録を残しておきたいと思いながら、その機会《おり》を失って、今では、当のおしかさんも、おやすさんも死んでしまったので残念におもっている。

丁汝昌の死は、モルガンが最初に来た年より、ほんのすこし前のことなので、おしかさんがモルガンの懇望も相手にしなかったのは当然のことだが、モルガンにすれば、おしかさんの京なまりが懐しかったのであろう。京都へいって、そこでも三代鶴《みよつる》やその他の一流の舞妓に目をつけた。

外国人の客を専門の縄手の小野亭は、お雪の世話をよくしていた。おとなしいお雪が、胡弓を弾くのを、モルガンは凝《じっ》と聴いている時があった。傷ついた心をともにむせび泣いてくれるような、胡弓の絃《いと》の音《ね》がお雪の心情《こころ》のようにさえ思われて来たが、

「この胡弓をもらって行く。」

と言出したのは、二度目に日本へ来た時だった。

「お雪さんも連れて行きたい。」

といったが、その時、お雪には末を約束した学生があったが、そうとは言わず、今度逢うまでに考

えておくというように、また来ようとは思いもかけなかったので、軽くいっておいた。それを信じたモルガンは、アドレスを書いた封筒を沢山渡していった。

次の年、といっても、半年もたたぬうちにモルガンは来て、なんでも根引きするといいだした。それは、こんな噂さえ立ったほどだ。お雪の兄さんが、三条あたりに理髪店を出していて、その人が、外国人でもモルガンほどの人にやるならと、独断で、その封筒を失礼してモルガンを呼んだのだと――

ダイヤモンドの指環のお土産《みやげ》があろうとも、お雪は未来をかけて約束した人にそむく気にはなれなかった。

「外国人はいやだす。」

と、すげなく断わっても、

「そりゃお雪、つれなかろうぞ。」

などと怨《うら》みをいうのとは違う。お雪が煩《うる》さくなって、病気出養生《でようじょう》と、東福寺の寺内《じない》のお寺へ隠れると、手を廻して居どころを突きとめ、友達の小林米謌《べいか》という人を仲立ちに、両手でも持てないほどの大きな籠《かご》に果物《くだもの》や菓子を一ぱい入れて贈ってくる。花束は毎朝々々来る。

そんなこんなのうちに、見舞われたものが、見舞わなければならない羽目になったのは、あわれ米国《アメリカ》青年が、恋病《わず》らいのブラブラ病《やま》いになってしまったのだ。

「僕は、この胡弓を抱いて死にます。」

古い都の、古い情緒を命とするお雪には、そうしたセンチメンタルが、いっち成功する。

「でも、あたし、お妾《めかけ》はいやです。」

とまで、ギリギリと、決勝点近くまで、モルガンは押詰まっていった。

「お妾さんでない。お雪さん、あたくしの夫人《おくさん》です。」

モルガンは、ちゃんと正妻にして、立派に結婚するという。

なんといったらよいのか、断わるに断わりきれなくなってしまったお雪は、

「おっかさんが何と申しますか、よく相談して見て――」

最後の逃路《にげみち》は、母親よりなかった。古風な、祇園の芸妓《げいこ》さんのお母《か》あさんばかりではない。まだその時分には、牛肉を煮る匂いをきらった老女は多かったのだ。異人さんではと逃げを張るのは、こうなると、母親が頼みだ。

しかし、お母さんを救いの手に持ち出したことは、古くさい日本的な断わり方だと笑えないほどのヒットだったのだ。その時モルガンは、燃えあがった若い血の流れる体を、冷い手で逆に撫《な》でられたように、ゾッとしたものを受けとったのだ。

それは、誠によくない思出だった。彼が日本へ慰めを求めに来た失恋の所以《ゆえん》は、相思の令嬢の母親によって破られたのだったからだ。彼は厭な顔をしないではいられなかった。なぜなら、紐育《ニューヨーク》

社交界の有名マダムより、なおもっと、日本の古都の芸者ガールの母さんの方が、ものわかりがわるく、毛唐人に対して毛ぎらいが甚だしかろうことは、いうまでもないと思ったからだ。

だが、モルガンは、真心《まごころ》でかかれと決心した。人種はかわっているとて、この、しおらしいところのある、古くさい人々。男性絶対尊重の女たちにまで、肘鉄砲《ひじ》をもらっては、それこそもはや、何処《いずく》の国へいっても顔向けの出来ない男性の汚辱を残す。切り出したからには、今度は、なんでもかんでも成功しないではおかない——

モルガンが、そうした決心を固めている時、お雪の周囲でも、頭を突きあわせて相談がはじまっている。

親族会議の方では、古《ふる》門前裏の小屋《こいえ》に、抱え主、親元、小野亭からも人が来て、つまるところは、金高で手をひくように吹っかけたらということになった。

「なんとしてもあんたさん、毛色の違うた男にはな。」

と、二の足を踏んでいる母親に、姉さんや叔母者人《おばじゃひと》たちは、

「そないに雪が、気にいらはったのなら、加藤の家に養子に来てもろたらいいと、皆いうてですがと、そういうたらどうや。」

そら好い考えだと、それも一つの条件になった。

お雪はまた、浅酌《せんしゃく》の席で、贔屓《ひいき》になる軟派記者に、鼻声になって訴えている。

「あんた、面白がって、あてと、モルガンのことばかり書き立てずに、親身に考えておくれやす。あて、どうしても嫌どす。」

縮緬《ちりめん》のじゅばんの袖口がちぢれるほど、ハンケチとちゃんぽんに涙を拭《ふ》くのだが、相手は、

「そんなことは、他《よそ》へいっていえよ。僕が泣かれたって、どうにもならない。お母さんたちのいう通り、うんと吹っかけて見るんだな。本当に惚れてなきゃ、いくら米国人《アメリカ》だって酔狂で大金は捨てやしまい。」

お雪は、そんな相談を、心から思っている、修業盛りの学生にきかせて、頭を乱させる気はないので、その人には、なるべく、きかれても隠すようにしているのだった。

で、正妻でなくっては――から、養子に来る気ならば――になり、最後に四万円と切り出した。四万円――現今なら、その位のお鳥目《ちょうもく》ではというのが、新橋あたりにはザラにあるということだが、日露戦役前の四万円は、今からいえば、倍も倍も、その倍にも価する金《かね》の値打があったのだろう。赤坂の万竜《まんりゅう》は、壱万円で、万両の名を高くしてさえいる。

祇園のある古い女《ひと》がいった。

「世界大戦のあとで、なにもかも三倍になったので、パイのパイのパイという唄《うた》がはやりましたなあ、あれは倍の倍の倍ということなのどすえ。」と。

その、パイのパイのパイ時代になると、舞妓の帯も竜の眼にダイヤの大きなのが光るようになっ

たが、モルガンはお雪に、四万円を、突然ズラリと並べたのではない。

金の封を切って、ばらまかなくては引っこみのつかない場合にせり詰ってもさすがにモルガン氏は、元禄《げんろく》の昔の大阪の坊《ぼ》ンち亀屋忠兵衛のように逆上しないで、静に、紐育《ニューヨーク》から顧問の博士を呼んだ。ピケロー博士というのは法律か、経済学の人なのであったろう。

モルガンその時しずかに相談役を呼んだのも、もはや三年越しの恋ではあり、四万円の値札が付いたからには、他から物好きな競争者が出るまでは、ともかく無事、よその手生《てい》けの花となる憂いはないと考えたのでもあったろう。

で、第一条件の正妻は異議なし、第二の養子婿入りは絶対に無理であるから撤回、第三の問題は根引きの金は二、三千円から段々に糶《せり》上げて、即金二万円、あとは二千五百円ずつの月賦払いというのから、三万円即金の残り月賦と顧問氏は、算盤《そろばん》をはじきだした。

出るな、と見込んだからでは決してあるまいが、そうなるとお雪派の策士は、ますますもって四万円即金を頑張《がんば》る。

ジョージ・モルガン氏、お雪さんを見初《みそ》めたのは、勘平さんの年ごろだったが、その時卅四歳、纏《まと》まりそうでなかなかまとまらないのでオスヒスとなって、ある晩、ピストルをポケットに忍ばせ、「こんなにスローモーションでは堪《たま》りません。蛇《へび》の生殺《なまごろ》しというものです。それというのも、お雪さんの心がぐらついているからです。わたしは死にます。」

それは全く真剣だったので、お雪は途方に暮れてしまった。

「あなたを、そんなに苦しめるのもあたしからですから。」

と、止めていたお雪の方がヒステリックになって、川の岸に立った。どっちたたずの身の、やる瀬なさに、身を投げて死んでしまおうとしたのだ。

顧問博士もびっくらしたのであろう。早速四万円を取り寄せることになった。

そんなこんなが、古風な祇園町の廓中を震撼させた。

「まあ、お雪はんのこと聞きなはったか?」

と、寄るとさわるとその噂だ。

「四万円だっせ。」

豪儀なことや、という女《もの》もあれば、あんなに厭がってたのだから、あてが代っても好いというふうになっていった。

「ようおすな、四万円。」

「そうどすな、悪うおへんな。」

花柳界ばかりではなくなった。京都、大阪、東京——全国的な話題になった。

「噂が立ってしまってから、打明《うちあけ》るのは愁《つら》いが、あて、どうしたら好いのか——」

お雪はある日、末はこの人の夫人《おくさん》にと、はかない望みを抱いていた、情人の机のかたわらに、身をすくめて坐っていた。

「僕はきいていたよ。君の出世を悦んでいるくらいだ。」

と、二十九歳になる、京大法科に通っている、鹿児島生れの、眉目《びもく》秀麗な、秀才はいった。

「僕に尽してくれたのは有難く思っているが、果して、君と一緒になれるかどうかは約束出きないし、今、君がどうしろといったって、どうにもなりはしない。君は行く方が好い。」

お雪はその場合、死のうといわれたら、当惑するには違いなかったでもあろうが、そんなふうに、愛人《おとこ》が理智的にいってくれるのが、突っぱなされたようにさびしかった。

説明のしようのない、ただ侘《わび》しさ——お雪の心に残っているものが、心の中で清算しきれないうちに、結婚予定は進んでいった。

四万円は結納金《ゆいのうきん》ということになった。お雪は完全に妓籍を脱したのだ。

世間というものはおかしなもので、胡弓芸妓のお雪も、さほどパッとした存在ではなかったのに、モルガン根引きばなしが起ってから、メキメキ売れ出してきた。

しかも、だんだん金高《かねだか》が騰《あ》がってゆくのにしたがって、人気が上っていって、一流のお茶やさんから引っぱりだこにされていた。勿論《もちろん》、一流のお客さんたちは、評判になった妓《こ》の顔も知らないとあっては恥辱《はじ》とばかりに、なんでもかんでも呼んで来いということになる。お金持ちは我儘《わがまま》だから、そうなると、あっちの茶屋へいっているといえば、なんでも貰《もら》って来いというのが、古来、廓《くるわ》の女に関しては、ことさらに定法《じょうほう》のようなお客心理だ。

それが、京都の客ばかりでなく、大阪からも来る、東京のよんどころない方《かた》だからちょいと来ておくれというふうにもなって、三、四日前から口をかけておかなければ、お雪に座敷へ出てもらえないというようになっていた。

お金をかけてさえそうだから、無代《ただ》となると、これはまた大変、町を——何かの催しがあって、百人ばかりの芸者が歩いたときは、その中にお雪がいるといったものがあったので、どれだどれだという騒ぎになり、あれか、これかと、顔を覗《のぞ》かれて、

「あの時は、えらい目に逢いましたわ。」

と、今日残存の老妓はいっている。

結婚式の着附は——

「婿さんが洋服なら、あんたも洋服にしなされ。」

「そんなおかしなこと出来ますか。」

というので、もう十二月で新規注文はどうかという押詰まってから、急に二軒の呉服屋さんが招かれ、モルガンも日本服、紋附きの羽織ということになり、

「紋は何にしましょう。」

お雪さんは平安の都の娘だからも一つ古くいって、平城京の奈良という訳でもあるまいが、丸に

鹿の紋を染めることにした。鴨川《かもがわ》の水は、来春の晴着《はれぎ》を、種々《いろいろ》と、いろいろの人のを染めるなかに、この新郎新婦の結婚着も染められたのだ。年の瀬と共に川の水はそんなことも流してもいたのだ。

三十七年一月、横浜の米国領事館で、めでたく、お雪はモルガン夫人となり、アメリカの人となった。

新聞は、華燭《かしょく》の典を挙げたと報じ、米国《アメリカ》トラスト大王の倅《せがれ》モルガン氏は、その恋花嫁のお雪夫人をつれて、昨日の午前九時五十二分新橋着の列車で横浜から上京したと書いているが、横浜のグランドホテルから東京の帝国ホテルへ移った時のことだ。

――花婿は黒山高帽子に毛皮の襟《えり》の付きたる外套《がいとう》を着《ちゃく》して、喜色満面に溢《あふ》れていたるに引きかえ、花嫁はそれと正反対、紺色の吾妻《あずま》コートに白の肩掛、髪も結ばず束《たば》のままの、鬢《びん》のほつれ毛青褪《あおざ》めた頬を撫で、梨花一枝《りかいっし》雨を帯びたる風情《ふぜい》にて、汽車を出《い》でて、婿君に手を引かれて歩く足さえ捗《はか》どらず、雪駄《せった》ばかりはチャラチャラと勇ましけれど、顔のみは浮き立たぬ体《てい》に見えたり。

と書いている。一等待合室に入って、お供の男女がチヤホヤしても、始終俯向《うつむ》きがちなので婿どのが頻《しき》りに気を揉《も》んでいたが、帝国ホテルから迎いの馬車がくると新夫婦は同乗して去ったと、胡北《こほく》へ送らるる王昭君《おうしょうくん》のようだとまで形容してあるが、これは幾分誇張かもしれない。

三

競馬季節《シーズン》になった紐育《ニューヨーク》社交界では、晩餐《ばんさん》の集まりでも、劇場ででも、持馬をもったものはいうに及ばず、およそ話題は、その日の勝馬のことで持ちきっていた。

丁度、そうした時節に、夫の国に行きあわせたお雪は、ある日、競馬見物に連れていってもらった。と、モルガンを見つけた若紳士たちは、すぐに彼を取りまいて、肩を叩《たた》いたり笑ったりして、お雪には、慇懃《いんぎん》に握手を求めた。

お雪は、その人たちから、米国の婦人と同様に、丁寧にはされはしたが、好奇心をもった眼が集まってくるのが面伏《おもぶ》せでもあり、言葉がよく分らないから、何をいわれているのかモルガンの顔の色で悟るよりほかなかった。

郊外の、みどりを吹く野の風はお雪を楽しませはしたが、競馬に気の立っている、軽快すぎる男女の饒舌《じょうぜつ》は、お雪をすぐに、気くたびれさせてしまった。

モルガンは友達と打解けて話しあっていたが、

「帰ろうか。」

と、じきに競馬場から出てくれた。

此処へ来ても、お雪は、眼、眼、眼と、痛い視線を感じていたので、家庭へかえるとホッとして、

「お友達と、何の話してらしったの。」

と、きいた。モルガンは、あんまり気乗りのしないふうで、

「例の通り、お雪さんの身元しらべ。」

お雪は済まなさそうに、ほほ、ほほと、薄笑いした。

「また、刀鍛冶《かたなかじ》の娘だと、おっしゃったのでしょう。」

お雪はモルガンが、自分の生れを、日本の魂を打つ刀鍛冶の女だと吹聴《ふいちょう》し、刀鍛冶という職業は、武士の階級だといって、日本娘お雪を紹介するのを、気まり悪く思っているのだった。

――いいや、彼奴《あいつ》は、そうかとはいわなかった。それどころか彼奴《あいつ》がいうには、モルガン君、君の夫人は、芸妓ガールだと、最近来た日本人がはなしてたよといった――

そんなふうに、友人から、面皮《めんぴ》を剥《は》がれて来たことを、モルガンは押しかくして、

「彼は、どうして君のおくさんは日本服ばかり着ているのだというから、一番よく似合うからさといったのだが――」

モルガンのそういう調子には、何処か平日《ふだん》とは違うものがあった。

「実際うるさい奴らだ。」

お雪は、モルガンの楽しまない顔色を見てとって、ふと、競馬場で摺《す》れ違うと、豪然と顔を反《そら》して去った老婦人に出逢ったからだと、気がついていた事を、それとなく言いだした。

「あの方ね、あの年をとった女の方、あれがマアガレットさんのお母さんですの?」

「お、どうして分りました。」

モルガンは隔てなく、椅子《いす》を近づけていった。

「お祭しの通り、あの老婦人、マッケイのお母さんです。僕を厭《きら》った夫人《ひと》です。」

エール大学の学生の時分から、思いあっていて、紐育モルガン銀行に勤めたのも、マーガレット・マッケイ嬢と婚約のためといってもよいほど急いだのだ。

「変ね、あなたが、お遊びになったからって、お母さんが破棄《やぶり》なすったのですって？」

日本の芸者お雪には、青年で、金持ちの息子が、すこしやそっと遊興したからって、思いあった娘をやらないなんという母親があるかしらとわからなかった。その時も、まだもっと、他の理由があるのではないかと、うなずけない気持ちだった。

「そんなことは、みんな、口実に過ぎない。」

と、モルガンはお雪の肩に手をおいた。

「フランスへ行って住まおう、あっちの館《うち》は好いよ、静かで――」

モルガンが父母と住んだ、壮麗な館《やかた》は、レックスにあったが、彼は新妻と暮すには、パリが好いと言った。

「アメリカでは、仏教――お釈迦《しゃか》さまの教えは異教というのです。着物を着ている女は、異教徒だとやかましい。」

それもお雪には、わかったような解らない、のみ込みかねたものだった。

開けたアメリカにもまた、古い国の家柄とおなじようにブルジョア規約があるのだった。四百名で成立っている紐育金満家組合が、まず、ジョージ・モルガンを除名し、モルガン一家の親戚《しんせき》会では、お雪夫人を持つ彼を、一門から拒絶した。

お雪の生家では、出来ない相談として、モルガンに養子に来てくれといったが、モルガン一族は親類附合《づきあい》すらしないというのだ。

「日本であそんで、フランスへ行こうよ。」

「ええ、丁度お里帰りですわ。」

お雪は、日本へ帰れるのが嬉しかった。米国の社交界から、漂泊的な生活をしている上に、クリスチャンでない女と結婚したという理由で、非紳士的行動だと、追われるように立ってゆく、モルガンの悲しい心は知りようがなかった。

あの草川《くさかわ》のほとりに仮住居《かりずまい》していたのは、その時のことだったが、モルガンが浮気する——そんな噂《うわさ》に浮足たって、お雪はフランスへ永住のつもりで、二度目の汽船に乗った。いよいよもう何時《いつ》帰るか故郷の見おさめだと思った。

みんな、行ったばかりの、パリの感想というものは、暗かった、古っぽかった、湿っぽかったという巴里は、恐《お》そらくお雪にも、他の日本人が感じた通りの印象を与えたのだろう。すこしいつくと、あんな好い都はない、何もかもがよくなってくるというパリも、そこまで住馴染《いなじ》まないうちに、お雪はも一度京都へやって来た。

「今度は、お母さんと三人で住まおう。ちょうど、須磨《すま》に、友人の家が空《あ》いたそうだから。」

と、モルガンは優しい。

　須磨では、のんきな、ほんとうに気楽な、水入らずの生活が営まれた。

「パリというところは、どんな処だい。」

と生母に訊《き》かれると、

「古くさいけど、好いところもある。」

「雨はどんなに降る？」

「一日のうちに、幾度も降ってくるのどすえ、今降ったと思うと晴れる。」

「では、いつも傘《かさ》持って歩いとるの。」

「いいえな、誰も持ってしまへん。軒の下や、店さきに、みんなゆっくり待ってやはるのえ。東京の人のように駈《か》けだすものありゃへんわ。フランスで、雨にあって、もうやむのがわかっていても、駈出すのは、日本人ばかりやいうけれど――」

「西京《こちら》のものは、さいなことしやせん。そんなら、パリというところ、京都に似てるやないか。」

「しっとりした都会《とち》で、住んだら、住みよいところで、離れにくいそうやが――」

母子がそんな話をしているときに、モルガンの父の病気が重いという、知らせが来た。幸福は永久のものではない。モルガンは一足さきに立ったが、父親には死別した。お雪は一月ばかりしてフランスへ後から帰った。それが母親への死別となった。

モルガンは、父の莫大《ばくだい》な遺産を継いだ。お雪もパリの生活が身についてきたが、やっぱり初めのうちは、デパートへ行けばデパート中の評判になり、接待に出た支配人が、友達たちに、お雪さんの観察評をしたりするように、煩《うる》さかったが、アメリカ社交界とはだいぶ違っていた。

シャンゼリゼの大通りを真っすぐに、パリの、あの有名な凱旋門《がいせんもん》の広場は、八方に放射線の街路があるそうだが、モルガンの住宅は、アベニウホッシュのほとりだという。

森とよばれる、ブーローニュ公園を後にした樹木に密《こ》んだ坂道の、高級な富人の家ばかりある土地で、門構えの独立した建築物《たてもの》が揃《そろ》っているところにお雪は平安に暮してはいる。しかし、日本人ぎらいの名がたつと、誰一人付きあったというものがない。

マロニエの若葉に細かい陽光の雨がそそいでいるある日のこと、一人の令嬢《マドモアゼル》と夫人《マダム》が、一人の日本婦人を誘って、軽い馬車をカラカラと走らせていた。

「オダンさまの夫人《おくさま》。」

と、美しい夫人《マダム》はいった。

「そのお邸《やしき》が、モルガンさんのお宅だそうですが、お訪ねなすったらいかがです。」

フランスのオダン氏は、日本の美術学生の面倒を見るので有名で、世話にならない者はないほどだった。夫人は日本婦人で、お雪の年頃とおなじほどだった。

「でも、」

と、オダン夫人は考えぶかく同乗の女《ひと》の好意を謝絶《ことわ》った。

「あまり、お逢いなさりたがらないそうですから――」

そうした、おなじ国の、おなじ年頃の、フランスの人になっている、おなじ京都の女性《ひと》にさえお雪は往来《ゆきき》がなかったのだ。生家へも、母親の死んだあとはあまり便りがなく、一昨年《おととし》京阪を吹きまくった大暴風雨《おおあらし》に、鴨川の出水をきいて、打絶えて久しい見舞いの手紙が来たが、たどたどしい仮名文字で、もはや字も忘れて思いだすのが面倒だとあった。

だが、母のない家へも仕送りは断っていない。財産管理者から几帳面《きちょうめん》に送ってきた。

お雪には子はないのか――誰も子供のことをいわないから最初からないのであろう。モルガンは四十三歳でこの世を去ってしまっている。

それは、世界大戦のはじまった時だった。紐育《ニューヨーク》に行かなければならない用事があって、モルガンはお雪を残して単独で行ったが、フランスが案じられるし、ぐずついていると、ドイツの潜航艇が、どんなに狂暴を逞《たくま》しくするかしれないと、所用もそこそこに、帰仏をいそいだのだった。モルガンが乗っていたのは、あの、多くの人が怨みを乗せて沈んだルシタニヤ号だった。どうも汽船ではあぶないという予感から、ジブラルターで上陸し、一日の差で、潜航水雷の災難からは逃れたが、どうしても死の道であったのか、途中スペインのセヴレイまで来ながら、急病で逝《い》ってしまった。

それからのお雪は、異郷で、たった一人なのだ。

——来年あたり帰りたいが、一人旅で、言葉も不自由だというおとずれが、故郷へあったと聞いている。

それがもとでの間違いであろうが、祇園町にいた老女《としより》が、東京のあるところへ来て、

「お雪さんが帰って来てなさるそうや。昔の学生さんのお友達で、留学してやはった、大学の教師さんと夫婦になって——」

それは、誤伝の誤伝だった。あちらに長くいて、映画では東郷大将に扮《ふん》したという永瀬画伯が、お雪さんだと思って結婚したとかいう婦人と、久しぶりで帰郷したことの間違いだった。その婦人は十歳位からフランスで育ち、ある外国人の未亡人で、女の児がある浅黒い堂々とした女だということだ。

お雪は、パリの家に、ニースにただ一人だ。いえ、ニースでは、イタリア人が一緒だったというものもあるが、モルガンのない日のお雪は、孤独だといえもしよう。

惑ひ

伊藤野枝

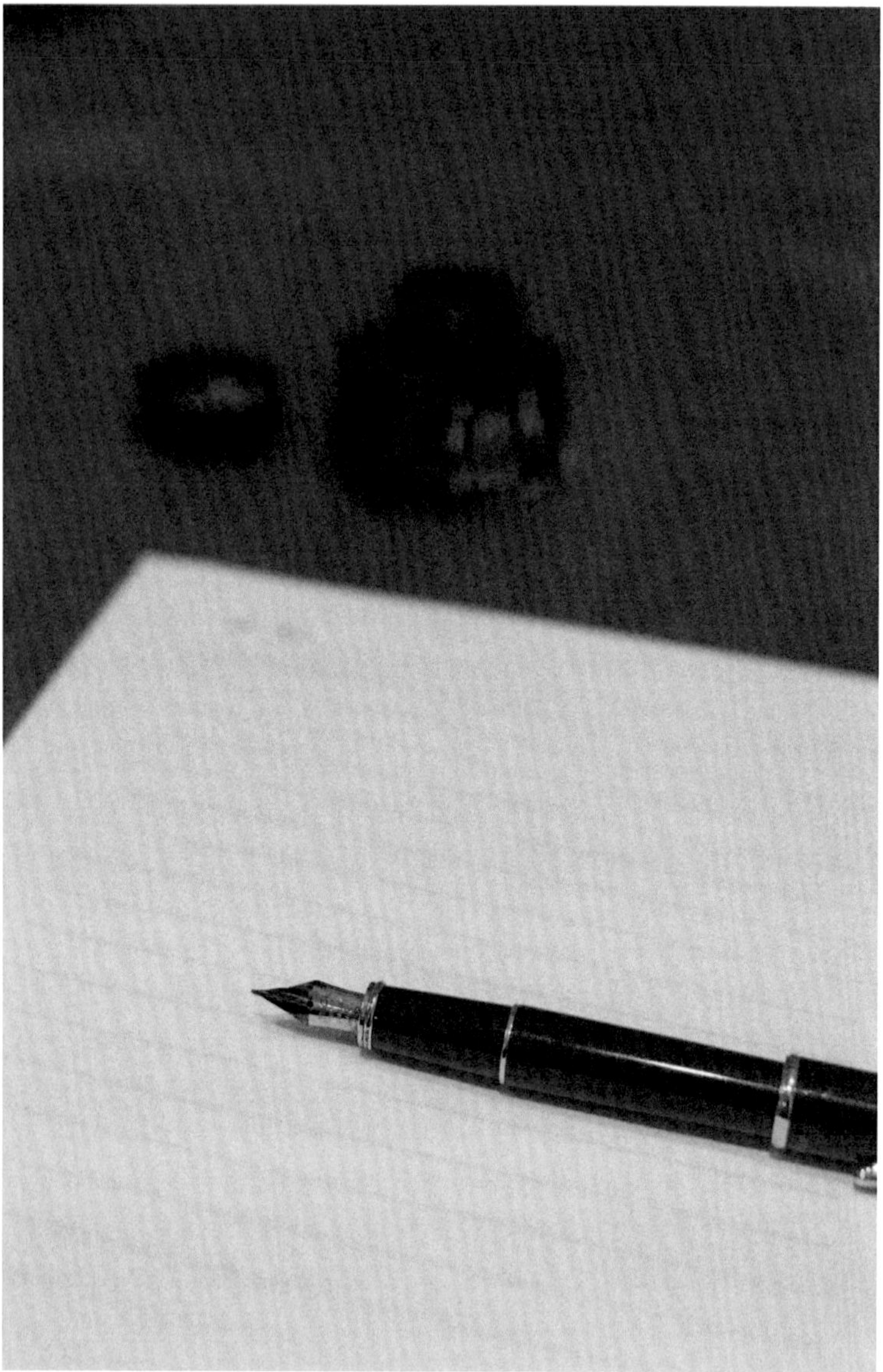

その手紙を町子が男の本箱の抽斗《ひきだし》に見出した時に、彼女は全身の血がみんな逆上することを感じながらドキ〳〵する胸をおさへた。『あの女だ、あの女だ。』息をはづませながら彼女はそふ思つた。そして異常な興奮をもつてその表書を一寸《ちよつと》の間みつめてゐた。やがてすぐに非常な勢をもつて憎悪と嫉妬がこみ上げて来るのを感じた。彼女はもうそれを押へることが出来なかつた。直ぐに裂いて捨てたいほどに思つた。忌々《いまいま》しい見まい〳〵と思ふ半面にはどんな態度で男があの女に書いてゐるか矢つ張りどうしても見ないではゐられない様にも思つた。併《しか》し現在自分が愛してゐる男、自分ひとりのものだと思つてゐる男が他の女に愛を表す語をつらねた其の手紙を見るのは何となく不安でそして恐ろしいやうな苦しいやうな気がして、見まい〳〵とした。けれどもどうしても見ないではゐられなかつた。

読んで行くうちにも彼女は色々な気持ちにさせられた。たつた一本の手紙だが、そしてそれを読み終るまでに十分とは懸らない僅かの間に彼女の心臓は痛ましい迄に虐待された。嫉妬、不安、憤怒、憎悪、あらゆる感情が露はに、あらしのやうな勢をもつて町子の身内を荒れまはつた。そしてそのうちにも自分に対するとはまるで違つた男の半面をまざ〳〵と見せつけられた。其処に対した、愚劣な、無智な女と、男を見た。狂奔する感情を制止する落付きをどうしても見出すことは出来なかつた。今はたゞ彼女はその感情の中に浸つて声をあげて、身をもだえて泣くより仕方がなかつた。彼女はまるで男が全く彼女から離れたやうに思ひ、そして男の持つた違つた世界を見た彼女はとりつく島もないやうな絶望の淵に沈んで行つた。

漸く幾らかの落ちつきを見出すとやがて男に対するいろんな感情がだん／＼うすれて行くのを不思議な気持ちでぢつと眺めた。やがてすべての憤怒、憎悪が女の方に漸次に昂《たか》ぶつて来た。そして何とも云ひやうのない口惜しさと不愉快な重くるしさが押しよせて来た。それは明かにあの女に対する強烈な嫉妬だと云ふことは意識してゐた。併しその気持をおさへて何でもないやうにおちついてゐることは出来なかつた。それに男の何でもないやうな顔をしてゐるのが憎らしかつた。町子はもうその手紙をズタ／＼に引きさいて男の顔に叩きつけてやりたかつた。たとへそれは日附けはかなり今と隔りがあるにしてもそれつきりであつたとは思へない、彼女が此処に来たときまではたしかに続いてゐたのだ。彼女はたしかにそれを知つてゐる、続いて起つた連想はかの女の頭をなぐるやうに強く何物かを思ひ起さした。男との関係がはじめから今までの長い／＼シーンの連続の形に於て瞬間に彼女の眼前をよぎつて過ぎた。そしてその強く彼女を引きつけた処に尤《もつと》も彼女の不安なあるものが隠れてゐた。それは彼女を彼女の中にも隠れてゐて絶えずなやましてゐた疑惑の黒い塊であつた。機会を見出して塊はずん／＼広がつて彼女の心上をすつかり覆つてしまつた。

おきんちやん――女の名――は吉原のある酒店の娘だ。町子のゐた学校の二年か三年までゐたのだ。調子のいい人なつこいやうな娘だつた。町子は四年からその学校に入つたのだからよくはしらなかつたけれど、後の二年の間におきんちやんはよく学校に来たので――それも町子の級にゐたとかで、調子よく話かけられたりして後にはかなりな処まで接近したのであつた。

男が英語の教師として学校にはいつて来たのは町子が五年になつたばかりの時だつた。四月の始めの入学式のときに、町子の腰掛けてゐる近くに、腰掛けた見なれぬ人が英語の教師だと町子の後からさゝやかれた。一寸特徴のある顔付きをしてゐるのが町子の注意を引いた。併しそのことには長く興味をもつてゐられなかつた。つい式のはじまる先に立つて彼女は受持教師から在校生の代表者として新入の生徒たちに挨拶すべく命令されてゐたので困りきつてゐた。やがて落ちつかないうちに番がまはつてきたので仕方なしに立つて二言三言挨拶らしいこと云つて引つこんだ。続いて新任の挨拶のときに一寸変つた如何にも砕けた気どらない様子であつさりとした話し振りや教師らしい処などのちつともない可なりいゝ感がした。式が終つて町子たちのサアクルでは此度のその英語の教師についての噂で持ちきつてゐた。

『何だか変に年よりくさいやうな顔してるわね。若いんだか年寄りだか分らないわね』

『あれで英語の教授が出来るのかしら、矢張り校長先生に教はりたいわね、あの先生何だかずいぶんバンカラねえ』

『だつてそれは教はつて見なくつちや分らないわ。そんなこと云つたつて校長先生よりうまいかもしれなくつてよ』

『アラだつて何だか私まづさうな気がするわ、校長先生のリーディングはすてきね、私ほんとに気に入つてゐるの』

『Oさんはね、それや校長先生よりいゝ先生はないんですもの、でも風采《ふうさい》やなんかで軽蔑するもんぢやなくつてよ、教はつて見なくちや、』

そうしたとりとめもないたわいのない会話が取りかはされてゐた。

併《しか》しはじめの一時間を教はると、Oさんはもうすつかり感心してしまつた。

『うまいわね、ずいぶんいゝわね、校長先生よりはずつといゝわ、』と叫び出した。皆もその重味をもつた気持のいゝアルトで歌ふやうにその唇からすべり出す外国語はその発音に於てもすべての点で校長先生のそれよりもずつと洗練されてゐて、そして豊富なことを認め得た。それにまたその軽いとりつくろはぬ態度とユーモアを帯びた調子がすつかり皆を引きつけてしまつた。新任の先生の評判はいたる処でよかつた。

その男に対する町子の注意はしばらくそれで進まなかつた。たゞ町子はそのころ学校で発行した謄写版刷の新聞を殆んど自分ひとりの手でやつた。それに先生は新しい詩や歌についての一寸した評論見たやうなものをくれたりした。それで可なりに男との間が接近して来た。それからまた暇さへあれば尺八の譜を抱へては音楽室に入つてピアノに向つてゐるのが一寸町子の注意を引いた。

一学期が忙しく過ぎて二学期との間の長い休暇になつた。町子は叔母と従姉と三人で行李《こうり》をまとめて大急ぎで休みにならないうちに帰省した。海岸の家で始めの三十日間は海の中に浸りつゞけて可なり自由な若々しい生活をした。併し後の三十日間は彼女を滅茶々々にしてしまつた。無惨にふみにぢられたいたでを負ふたまま苦痛に息づかいを荒らくしながら帰京したときにはもう学校は二学期に入つてゐた。彼女の力にしてゐる先生達は皆で彼女の不勉強をせめて、卒業する時だけにでも全力を傾けて見ろと度々云はれて居た。併し彼女の苦悶は学校に行つて、忘れられるやうな手ぬるいものではなかつた。彼女の一生の生死にかゝはる大問題だつた。きびしい看視の叔父や叔母のゐなくなつたと云ふことも助けて、苦悶は彼女にいろんなまぎらしの手段として強烈なヰスキーを飲むことや、無暗《むやみ》に歩くことや、書物にかぢりつくことを教へた。教科は殆んどのけものにされてすきな文学物の書ばかりが机の上に乗るやうになつた。併しまぎらしても〳〵もう僅かな卑劣な手段でその苦悶も隠せなくなつて来た。彼女の学校でうける日課に対する注意はそれてしまつてすつかり荒んだ二学期もうやむやですんで三学期になつた。殆んど何物にも手が出ない。苦悶は日毎に重るばかりだ。卒業試験の準備などはまるですることが出来なかつた。その間町子の注意はまるで他へ向つてはなされなかつた。

『I先生と町子さん』と誰からともなく云ひ出された頃には町子は、男とおきんちやんの接近するのをぢつと見てゐた。皆が見当違ひなことを云ふのが可笑《おか》しくて何時も鼻の先で笑つたり怒つて見せたりした。併し町子も可なり接近してゐたのは事実だつた。それは重に趣味の上の一致であつた。

町子には同窓生の云ふやうな呑気《のんき》な気持にはなれなかつた。恋愛関係を形造つてさはぐ程の余裕は全然なかつた。皆のうはさは本当に空だつた。併しおきんちやんとの関係は町子には可なりな処まで窺はれた。それを皆に殊更に話すほどの興味も感じなかつた。町子はたゞ自分自身の気分にひたすらに圧迫されてゐた。

併し、一月のある月曜日に町子は従姉と二人寄宿してゐる教頭の先生の家の二人の子供と先生と五人で日比谷に遊びに行つた。さうして三時頃に帰つた。留守居してゐた女中はおきんちやんとEと云ふ町子の級の人とそれから前年卒業したVと云ふ人が来まして、今帰つた処だと云つた。多分停車場までは行くまいとのことなので従姉と二人で後を追ふて停車場へ行くとまだ其処に三人そろつてゐた。町子たちは三人の人にもう一度引きかへすことをすゝめたが四時までに帰る筈になつてゐるからどうしても駄目だと云ふので強ひてとも云ひかねて一言二言はなしてゐるうちに電車が来た。

『ぢやCさん、駒込《こまごめ》までゞも送りませうか』とかう町子は従姉に云ひながら身軽にひらりと皆の後から電車にとびのつた。

『いゝわ、お気のどくだから本当に、ね』

と気の毒さうに云ふのを打ち消して二人は乗つてしまつた。三人の顔には当惑の色が動いた。

『駒込から直ぐおかへりになるの町子さん』とEさんが聞いた。

『えゝ、さうね。I先生の処へよつてもいゝわねCさん』

『さうね、よつてもいゝわ、そして墓地ぬけませうか』

『それがいゝわ、』

　三人は顔見合はせた。

『私たちもよりませうか一緒に――』とおきんちやんがきがるに云つた。町子はカツとなつた。

『I先生の処へ寄る位なら何故私の処へ帰つて下さらないんです！　一寸だつていゝぢやありませんか、少しひどいわ』

『よしませうか。おそくなるわね』

とEさんが町子の顔を窺ひ／＼云つた。

『さうね、』

とどつちつかずなことを云つてゐるうちに駒込に来た。

『どうするの？』

町子はムカ／＼しながらさう云つてどんどん降りてしまつた。三人はしばらくぐづ／＼してゐたがやがて降りて来た。町子は三人の気持が見え透いてゐた。きつとはじめから此処へ来るつもりで引きかへすのをこばんで四時迄――なんてうそついたのだなと思ふと、いろんな小細工をして、女らしいくだらない隠し立てやなんかが不愉快で、ツトロもきかないでパスを示して出た。続いた従姉はそれを忘れてゐたのでとがめられた。一寸二言三言其処で弁解らしいことを云つてゐるうちにさつさと三人は通りへ上つて其処で何か相談してゐるのだ。町子は皮肉な目でぢつとEの目をみつめると人の好いEはおど／＼したやうな困つた顔をしてゐる。町子はそれに何だか快よいものを見出した。二人は三人のゐる処に来た。おきんちやんはだまつて俥《くるま》にのつた。足がいたいことを口実にして――

町子はフヽンと笑ひたくなつた。癪に障《さわ》ると云ふ様子が目に見えてゐた。EとAは道を知らないと云ふ。町子は不快な気がしたので行かないと云つたが道をおしえてやつて際どい処で逃げやうと思つて一緒に行つた。AとEはちつとも様子をしらないので中つ腹で町子は出来る丈《だ》けの廻りくどい遠まはりして引つぱりまはした。途中で馬鹿なお供してゐるのだと思ふといやになつて止さうかとも思つたがこんな処でまいたところで仕方がないので意地の悪い目をして皮肉を云つてはEの困つた、おど／＼した顔付からある快感をむさぼりながら少しづゝ腹癒せをやりながら歩いた。二人をIの門まで送りつけておいて直ぐに引き返した。後を追かけて来たやうだが見むきもせずに急いだ。併し不快な念はどうしても押さへることが出来なかつた。

翌日学校に行くと、Eはうつむいてばかりゐた。町子は意地の悪い顔をしてヂロ／＼見た。やがてEは小さな声で

『御免なさいね。昨日は本当に悪かつたわ』

『何、別に悪いこともしないぢやありませんか』

『でも悪かつたわ、御免なさいな』

『私、あなたからおわびされる覚えなんかありませんもの、何です一体』

町子の声には薄気味のわるい落ちつきと意地のわるい冷たさがあつた。人の好いEはつらさうに首をたれて
『でも怒つてらつしやるんでせう、今におきんちやんもおわびに来ますから――』

『何を怒つてるんです。おきんちやんが何で私にお詫びするんです。そんなことちつともないわ』

云ひ放つてプイと教室を出て行つた。Eはしほ〳〵してゐた。町子にはそれが小気味がよかつた。

『小さな、ケチな根性だね。おまへは』

かう自分に云ひながらやつぱりケチな根性に負けてゐた。

おきんちやんが来た。併しまるで相手にしないやうな態度を見せておつぱらつた。皆が不思議な顔をして見てゐた。

Iに対しても何となしに一種の軽侮を感じ始めた。町子はまたイラ〳〵して本当にまあどうしてこんなにイヤなケチケチした了見をもつてゐるんだらうと思つた。自分がいやになつて来た。併し他人には尚と同感が出来なかつた。何をよんでもおもしろくなかつた。皆がつまらなくなつた。

併し今考へて見ると、その当時は色々な複雑な考察にわづらはされて苦悶を重ねてゐたときだか

ら意識に上らなかつたのだけれども男に対する愛はその頃から芽ぐんでゐたのだなと町子は考へないわけにはゆかなくなつてしまつた。そのときの不快な気持ちは今男の書いたその手紙をよんでまた強くよみ返つて来た。

おきんちやんと男の関係はあの頃からずんずん進んでゐたに相違ない。さうすれば男が町子が帰ると云ふその間際になつて不意に示した愛は虚偽だつたのだ！一時の遊戯衝動だ！さう云ふ念がつよく町子の頭に来た。今まで町子の頭の中にかたまつてゐたものはずつと全体を暗く覆つてしまつた。彼女は其処にある男の机の上に突伏した。自分のたつてゐる土台が今にも壊れさうに感じた。自分で叩き壊すのだなと云ふ気がした。どうせ壊しかゝつたのだもの何処までも自分のおちつきが本当に出来るまで破壊はつゞく、それがまた本当なのだと云ふ気がした。

少しづゝ気が静まつて来ると、また自分の身内に深く食ひこんでゐる男の愛と男に対す自分の愛が目ざめて来た。そうしておきんちやんとの関係はもうとうに破れてゐるんだと云ふことが思ひ出され、そして真実だと繰返してゐると、やうやく自分の力が勝つたことがはつきり分つて来て、町子は何となく勝ちほこつたのび／＼した気になつた。併し手紙の文句を思ひ出すと、直ぐイラ／＼して来た。腹が立つて来た。Iが室《へや》にはいつて来た時町子は一ぱいに涙をためた目でぢと男の顔を見据えながら暗い尖つた顔付きをしてゐた。男は意外な顔をして何かをさぐるやうな落ち付かない目で室を見まはした。

［『青鞜』第四巻第四号・一九一四年四月号］

わが師への書

小山清

ink
PILOT

それは一冊の古ぼけたノートである。表紙には「わが師への書」と書いてある。あけると扉にあたる頁に「朝《あした》を思い、また夕《ゆうべ》を思うべし。」と書いてある。内容は一人の少年が「わが師」へ宛てて書き綴《つづ》った手紙の形式になっている。これも青春の独白の一つであろう。以下その中の若干をここに抄録する。

先生、僕、ふと思うのですが、先生は鳥打帽がお似合いではないかしら。なんだかそんな風に思えてなりません。唐突にこんなことを云《い》って、可笑《おか》しな奴だとお思いですか。でも、僕、いつも先生のことを想《おも》うときには、先生はきっと鳥打帽が似合うに違いないと独断してしまうのです。鳥打帽の似合うお年寄りは、僕好きです。僕はいまとても嬉しいのです。到頭先生に話しかけることが出来たということが。僕は至って小胆者《しょうたんもの》で人と朝晩の挨拶《あいさつ》を交わすことさえ満足に出来ない奴です。先生だからこそ、しょっぱなからこんな風に始められたのです。僕は先生には何んでも聴いて戴《いただ》けるような気がします。僕はみんな話します。僕がどんな奴だか、追々お分りになるでしょう。

中学校の入学試験の際、口頭試問で将来の志望を問われた時、医者になりたいと僕は答えました。

家の親戚に親切なお医者さんがいたのです。僕は子供心にそういう人になりたいと思いました。死んだ母もそれを望んでおりました。その後教会に行くようになってから、牧師になりたいと願うようになりました。信仰を失ってからは小学校の先生になろうかと思ったりしました。いまは、……無能無才、ただこの一筋につながる気持です。辺幅《へんぷく》を飾らず、器量争わず、人を嘲《あざわら》わず、率直に「私」を語る心こそ詩人のものだと思います。僕の好きな一人の詩人の名を云ってみましょうか。ハンス・クリスティアン・アンデルセン。

死んだ母は僕に身分に不相応な小遣いをくれたものでした。僕はろくに読みもしない癖にいろんな本を買ったものでした。アンデルセンの自叙伝の英訳本もそのうちの一つでした。僕はおぼつかない語学の力で読んで行きました。表紙は浅黄色《あさぎいろ》で、まん中にアンデルセンの首があって、そのまわりに天使や動物や花や玩具《おもちゃ》の絵が一ぱい描いてありました。背は濃い緑色で上の方に金文字で"Andersen by himself"と印刷してありました。小型のいい本でした。母の死後僕はそれを他の本と一緒に売り払ってしまいました。僕はいまひどく惜しい気がしています。……あの本があったらなあ、あの可憐《かれん》な、慎ましい魂は僕の心を慰め、勇気を与えてくれるであろうに、一刀三礼、僕は心を籠《こ》めて訳してゆくものを。最初の一頁《ページ》はいまでも暗誦《あんしょう》しています。アンデルセンはその生涯を綴るに際して、こういう一行からはじめました。

"My life is a lovely story, happy and full of incident."

「私の生涯はひとつの可憐なお伽噺《とぎばなし》です、幸福な、そして思い出多い。」

僕の行末がどうなろうと、わずかに彼に倣《なら》うことを得、一篇の貧しき自叙伝といくつかの fairy-tale を生涯の終りに遺すことが出来るならば！

医者、牧師、小学校の先生、……思えばいじらしき限りです。僕などが人の為に何を尽せるものですか。僕の心の何処を探ってみても、僕が何かを為たということの証は見出し得ますまい。僕はいままでに何ひとつしたことがないのです。親に傅《かし》ずいたこともない。師に仕えたこともない。友のために図ったこともない。手紙ひとつ心を籠めて認めたことはないのです。生来拙いというだけならば、自ら慰めもしようものを、人よ憐れめ、僕には誠がないのです。僕があのイエスの譬話にある怠惰なる下僕に自らを擬して、「自分はもてる一ミナをもとられてしまった。」と云ったとしたら、それはあまりに愚かなことでしょうか。僕のような者にも、自分の若さというものが、まとまって胸に浮んでくるような期が来るでしょうか。来し方の輪郭が自分でふりかえられる齢をもつことがかなうでしょうか。

先生、僕のような者でも詩人になれるでしょうか？

先生、今日僕は家の者と大喧嘩をやってしまいました。僕は祖母の背中をどやしつけました。なに、つまらぬことからです。祖母が死んだ母の悪口を云ったからです。祖母が悲鳴をあげたので、兄が飛んできて、兄と僕は掴《つか》み合いをしました。果は近所の人達が出てきて僕達を止めました。実はそんなに珍しいことでもないのです。僕は時々やらかすのです。近所の人達にも大分お世話になっています。この近辺では、僕はある種の通り者になっています。兄はまた孝行者の名を得ています。事実兄は孝行者なのです。

先生、へんなことを伺うようですが、先生の星廻りは何んですか？　僕は亥《い》の生れです。亥ノ八白、これが僕の運の星です。なにやら語呂が藪井竹庵《やぶいちくあん》に似て、昔の医者の名のようですね。僕の本名の弱々しげなのにひきかえて、なんと悪びれぬ面魂《つらだましい》をしていることよ。わが運勢よ、竹庵先生が治療の手腕に似て、強引に逞しくあれ！　人は僕のことを「ばか図々しい。」と云います。「さっぱりお感じがない。」と云います。僕も自分に云います、「お前は猪ではなくて、豚だ。」と。僕はなんとも臆面がない。誰にでも見つける、しおらしさというものを僕は持ち合せていないかも知れません。恥知らずになると極端に恥知らずになります。そういう時、僕はどんな侮蔑《ぶべつ》の眼にもたじろぎません。名は体を現わすと云いますが、亥ノ八白とは僕にしっくりはまった名前かも知れませんね。実は僕、気に入っているのです。でも、先生、いま僕はたじろがないどころではないのです。いま僕は人にうしろ指一本さされたくなく、陰口一つきかれたくない気持なのです。神妙に暮したい気持で一ぱいなのです。おとなしい、内気な、女の人から同情されるような、そして同じような内気な心の娘からそっと思われるような、（先生、笑わないで下さい）そういう若者になりたい、そんな気もしているのです。なんだか、ひどく引込み思案になってしまいました。もともと僕は意気地なしなのです。人と和解するためならば、僕はその人の足の塵をはらうことも辞しないでしょう。

僕はすべてに誇りが持てないのです。自信がないのです。

僕は現在二階の二畳の部屋に寝起きしています。父の稽古《けいこ》部屋の隣りです。(僕の父は浄瑠璃《じょうるり》のお師匠さんです)母の箪笥《たんす》が置いてあり、僕のものでは小さい机が一つあるきりですが、それに僕を加えると部屋は一ぱいになってしまいます。夜僕はここに蒲団《ふとん》を敷いて眠ります。結構寝られます。ここで僕はわずかに夜の時間を楽しみます。稽古の客の帰った後の二、三時間を。調和ある時々。本を読んだり、先生とお話しをしたり……。

緑雨《りょくう》はこんな手紙を書いていますね。

「そうだ、こんな天気のいい時だと憶《おも》い起し候《そうろう》は、小生のいささか意に満たぬ事あれば、いつも綾瀬《あやせ》の土手に参りて、折り敷ける草の上に果は寝転びながら、青きは動かず白きは止まらぬ雲を眺めて、故《ゆえ》もなき涙の頻《しき》りにさしぐまれたる事に候。兄さん何して居るのだと舟大工の子の声を懸け候によれば其時の小生は兄さんに候……。」

今日はいい天気だったので、昼飯を食べてから、堀切の方まで散歩しました。菖蒲園《しょうぶえん》なども開いていて、遊山《ゆさん》の人の姿も見られました。小菅《こすげ》の刑務所の見える堤に、遊山の人からは少し離れて、仰向けに寝て休みました。浅草の方の空に浮んでいる気球広告を眺めていたら、頭のわきに立った人がありました。兄さん何して居るのだ？　巡査でした。不審訊問なのでした。僕を不良とでも思ったらしいのです。「女子供が遊びにくるので、悪い奴がくるという話なんだが。」こんなことを云いました。僕は水神にいる親戚の名も告げました。すると「無心にでもきたんじゃないのか。」と云いました。立ち去るきわに「自分でもへんだと思わないかい。」と云って、さげすむような笑いを見せました。それは自分の思い過ごしを弁解するもののようにも、また僕を憫《あわ》れむもののようにもとれました。僕は吐胸《とむね》を突かれる気がしました。僕は自分のなりをかえりみました。僕はふだん大抵中学時代の制服を着て、朴歯《ほおば》の下駄を履いています。大して胡散臭《うさんくさ》いこともないじゃないか、と自分に云ってみました。

でも僕はどこかへんなのですね。人相もよくないのですね。僕は前にも咎められたことがあるのです。浅草公園で人にまじり、活動館の前に立って陳列の写真を覗《のぞ》き込んでいたら、その向いの交番に呼び込まれましたっけ。僕にはいつの頃からか、活動館の陳列の写真を見るとき、憑《つ》かれたように見入ってしまう癖がついてしまいました。放心していて掏摸《すり》に袂《たもと》を切られたこともあります。また本屋の店頭で立ち読みをしていた時、知った人に肩を叩かれたことがあります。その人は云いました。「そんなに睨《にら》みつけていたら、本に孔《あな》があいてしまうぜ。」活動館の前や本屋の店先に突立っている時の僕の姿は、人が見たら、随分みすぼらしく、へんなのかも知れませんね。

巡査が去ってから僕はまた堤にしゃがんで、水や蘆《あし》を眺めながらぼんやりしていましたが、だんだん気持が滅入《めい》ってきました。そして憤《いきどお》ろしさが込み上げてきました。いまのさき巡査に対してはどんな感情も抱かず、素直に応えていたのですが、そのことがまた堪えられない気持でした。自分はふだん理不尽に辱《はずか》しめられることが多い……僕はこの時もまたそういう、そしてそれはもう巡査を対象としたものではない感情にとらわれました。そして果は、自分は駄目だ、そういう己に返る無力感をまたも堪えねばなりませんでした。僕は参った気持で帰途につきました。かりそめの不審訊問が僕に毎度の憂鬱《ゆううつ》を呼び起したのです。

堀切橋を渡って鐘紡《かねぼう》のあたりまできた時には、僕の気持も少しなおってきました。友達が欲しいという思いが胸に湧きました。すると僕の気持は吐け口を見つけたようにその思いに注がれました。友達は持てるぞ、友達は持てるぞ、そんなことを思い、心は楽しくさえなってきました。白髭橋《しらひげばし》の袂でふと見かけた古道具屋で、僕は古ぼけた額を一つ買って帰りました。その中におさめてある複製の絵と、またその額の古風で単純なのが気に入ったのです。絵は父と母と子を描いたものです。おそらく異国のすぐれた古人の筆でしょう。そのことに暗い僕には何もわかりませんが。ある上流の家庭を写したものでしょう。壮年の父母と若い息子（僕より一つ二つ幼いでしょう）を配した画面からは、良家の行儀正しさとでもいうべきものが伝わってきます。威厳に満ちた父、優しい母、そして二人の間に、父の、母の面影《おもかげ》のしのばれる、初々しい感じの若者。静かなもの、正しいもの、暖いもの、優しいものが感ぜられます。その時の僕の和《なご》んできた気持はこの絵に惹《ひ》かれたのです。値段も安かったので買って帰りました。箪笥の上に飾ってあるのがそれです。さきほど兄が見て「何んだい?」と云ったので、「外国のさる由緒正しい家族の絵だ。」と云ったら、解ったような顔をしていました。

額の中の人達は僕の独りを助けてくれることでしょう。

今朝起きぬけにわが家の新聞をひろげたら、運勢の欄《らん》が眼につきました。

八白　朋友を訪ねて吉あり。

楽しき一行、これを見て訪問の心を起した人もあったことでしょう。しかし僕には訪ねる友もありません。図書館へ行けというほどの辻占《つじうら》かも知れぬ、しばらく御無沙汰《ごぶさた》しているから、僕はそんなことを思いながら、新刊書の広告など見て行きました。あの短かな紹介文というものには、ふしぎに惹かれますね。著者が力量、精進のほどを伝えて妙、まあそんな気もします。著者の言葉の引照してあるのもありました。「余は正しき良心と誤りなき反省とをもって、この書を綴った。」どうも自分には刺戟が強いと思われました。「正しき良心」と「誤りなき反省」、僕は広告面を眺めながら己の無為が省みられ、どの書物もが僕に向ってそう云っているように思われました。なにかとりのこされたようなさみしい気持になりました。青春むなしく逝《い》くを悲しむ。そうした感情が、呪文のようにも、また悔恨のようにも、苛立たしく、切なく胸のうちを通りぬけて行きました。朝飯を食べながら、僕は自分の貧しさを呑《の》み下す気持でした。そのとき、ひとひらの風の便りが舞い込みました。しかも水茎の跡すなおなる玉章。御披露します。

「この朝夕を如何《いか》にお暮しですか。またひどく屈託なさっているのではありません？　貴方は御自分でお考えになるよりは、ずっと自由な生れつきなのに、なにかというと考え込んでおしまいになるのね。屈託げな御容子が見えるようだわ。貴方の御機嫌をとってくれる人は、誰もいないのですか。私だとて、優しさとお世辞は持っていますわ。でも、私は辛抱づよいの。遠く見て、いつも幼い心で歩いて行きたいのです。独り屋根裏部屋に住んでいたアンデルセンの許へ、夜毎その窓辺に訪れて、さまざまのことを語り明かした、あの月、あれは私。私は貴方の不器用な天使。貴方のよろめく姿と私の心と、なんとよく似ていること。でも私はなによりも貴方の声がききたいのです。どこまでも自分の人生を語りつづけて行く貴方の声がききたいのです。沈黙《だま》ってしまうようではいけません。いつでも自分の心を語れるようでなくては。生活に臆病にならないで。幼いハンスが独りで世の中へ出て行った時に、どんなに素直で勇敢であったかを思って下さい。貴方が心さみしく助力というものを欲しいとお思いになった時には、私のことを思って下すってもよろしいわ。貴方の志を嗤わない者が、貴方を疎む心になど決してならない者が、一人いることを思って下さい。あのね、いつかきっとお逢い出来ると思っています。ではお元気でお暮しなさいませ。さよなら。」

「先生、僕のような者でも詩人になれるでしょうか？」

「なれるとも。心配しなくともいいよ。君は人相に善いところがあるよ。」

「でも、僕は駄目なのです。何も持っていないのです。」

「どんな小さな草の芽でも、花の咲く時のないものはない。どんな人でも自分に持って生れたもののない人はないのだよ。あのゲエテやトルストイのような人達でも、先ず自分の持つものを粗末にしないところから出発したというじゃないか。そして長い生涯の間には他人と交換したものでもそれを自分のものにすることが出来て行ったというじゃないか。」

「僕が子供と遊んでいるのを見たら、人よ、せめて陰口をきいてくれ。子供は何も知らないからと。僕が花を摘《つ》んだら、さげすみの眼で見てくれ。僕が花で僕の部屋を飾るのを。」

　否。

「僕はイエスが子供が好きなように、子供が好きなのだ。イエスが野の百合を愛したように、僕はすべて可憐なものに心を惹かれるのだ。」

先生、こんなものが書けました。読んで下さい。

妹

僕の妹は今年六歳に成る。おそ生れだ。頸《くび》も細く、顔なんか小さく、一掴みになりそうで頼りないなあって気になる。紅いちゃんちゃんなんか着ている姿には、なにか猿の子を聯想《れんそう》させる幼い獣めいた感じがある。妹を抱いて毛深い襟《えり》もとに僕は生《なま》な愛着をそそられるのだった。

去年の夏、母が死んだ。母の死は僕にとって生れて初めてのものだった。僕は滅茶苦茶な心で母の死に面接した。傍らには母を失くした妹がいる。が、僕はこの幼いものの生命に母の死が何んであったかを知り得ない。僕は母の死に面接したまま、祖父の死を、弟の死を送った幼い頃の自分のことを思った。

今年の春、妹のとこへ新しい母が来た。妹は「お母ちゃん、お母ちゃん。」と云って懐いている。妹も同じ年頃のものと遊ぶように成っている。弱虫で年下の友達によく泣かされる。僕は妹の泣き声をよく聞かされる。僕はまた、遊びの輪から離れて小さな顔を歪ませている妹をよく見かける。御飯の座などで兄が、「ジョン公の方がおとなしく云うこと聞いて可愛いいや。」と云うと、「ジョン公の方が可愛いいって云ったあ。」と云って泣く。「あたいを可愛がってくれない。」と云って泣く。きつく叱ると、「ぶったあ。」と云って泣く。妹にはひどくこたえるのだ。大人達の無神経は妹の泣き声の一心を感じないのだ。僕のような弟を持ち、妹とて子供らしい意地をあらわしはじめた……兄の言葉に兄の気持が感ぜられるだけ、僕は癇癪《かんしゃく》が起きるのだった。

妹はか弱くなった……そういう僕はこの五月徴兵検査を受けた。しばらく逢わなかった人は「大きく成ったね。」と云う。生きて行く上に多少意識的になってきた気持で、僕は妹の身を心配する。……自分を育てるものは自分の他にない、妹だって自分でやってゆくようになるんだ。

夜、電燈の下に家内のものが集った座などで、僕は妹を抱いて、ふっと妹を案じる心になって、「早く大きくなってくれよ。」

妹にでもなく、そう自分の気持を云ってみるのだ。

僕の神経も疲れている。僕は幼いもの達の喧嘩を夢にまで見てしまった。夢の中で僕は妹に加勢し、躊躇《ちゅうちょ》することなく、相手の女の子の顔を踏んづけた。

今日は朝から小雨が降っています。このしずけさにいてお便りをしたためます。

〽恋風や　その扇屋の　金山と　名は立ち上る夕霧や……。

隣りの稽古部屋から「吉田屋」をさらう声が聞えてきます。声の主はAさんといって、家へ見える連中さんでは旧い人です。僕のほんの子供の時分から見えています。Aさんはいい声なので僕は家にいれば聞くようにしているのです。それにこの、恋風や、……からはじまる夕霧の出は好きなのです。

先生は浄瑠璃はお好きですか？　僕は父が教えてくれれば習いたいのですが、習えるどころではありません。この間父にどうして浄瑠璃などを習ったのかと訊いたら、「好きだったから。」と一言云いました。気のない返事でした。でも、詩人志願の息子はそれだけでも嬉しく、満足に思いました。

いまのさき父に伴いて朝湯に行って来ました。父は眼が見えないものですから、昼前の湯屋の混雑しないうちに行くようにしているのです。帰ってから稽古部屋で父に「蘭斎歿後《らんさいぼつご》」を読んできかせました。一緒に湯に行くことと本を読んできかせること、これはこのほどふと始めた日課のようなものですが。（いつまで続きますことか）読みながら「どう?」と訊いたら、「うん、おもしろい。」と云いました。父の興を惹いたようでした。父はどういう心で聴くのでしょうか。この日課を始めた時、僕はまず「破戒《はかい》」を読んできかせました。次に「多情仏心《たじょうぶっしん》」を。父はいずれも興《きょう》がって聴きました。しかし父は自分から求めることはしません。いつも僕が押しつけるのです。いつまで続きますことか。

父は今年四十七歳になるのですが、どういう心でいるのでしょうか、僕のことをどんな風に思っているのでしょう？　僕の父はほんとに黙っている人なのです。父は僕に対しては多く頑《かたくな》な無関心な態度でいて、うち解けてくれることもすくないのです。それに父はあまり僕を好きではないらしいようです。僕がこんな風に思ったりするのも、一つは父が盲目なため、小さい時から常に人にかえりみられてきて、一家の主としても、父親としても、自ら配慮することのなく、配慮される人であるためでもありましょう。父親というものは息子に対してどんな気持を持っているのでしょう？　世間の年頃の息子を持った父親の心というものはどんなものなのでしょうね。先生、僕がこんな風な考え方をするのはへんですかしら。僕が父にもっと親しみを抱いていたら、おそらくこんなことは思いますまい。

僕の父は滅法善い人です。やさしい、善い心の人なのです。人に立ち交ったこともなく、世間というものを知りません。父が浄瑠璃などを習うようになったのは、盲目になったためからでしょうが、生れつき父の躯《からだ》には好きなものへの血が流れていたのだと僕には思えます。父の周囲、僕の一家もまた芝居、音曲などの好きな連中の集りですが、父を除いては誰も粗い気質の人達ばかりです。一家のこの方の趣味にしてからが、もっと人柄に浸み込んだものであったなら、僕の家庭の空気にも、もっと柔かな、砕けたものが流れ込んでいたことでしょう。そういうものを持っているのは、陰気な黙りがちな父だけなのです。家にはいま六つになる妹がいますが、父は時にそんな幼いものを相手に、玩具の三味線《しゃみせん》などを手にして、おどけて見せることがあります。そんな時の父には、巧《たく》まない、瓢逸《ひょういつ》なところが見られます。僕はまだ子供の時分、夜の明け方ごろになると、隣りの父の寝床に這い込んでいっては、よく父に「お話して、お話して。」とねだったものでした。すると父は、いつでも「うん。よし、よし。」と云って、寄席《よせ》できいてきた、落語や講談の話をしてきかせてくれました。僕の記憶には、父の話振りが、なかなかユウモラスな、上手なものとして残っています。父はまた自ら畳の上に仰向けになって、揃えた足の裏を子供の僕の帯のへんにあて、僕に手足を動かさせては亀の子の真似をさせたりしました。また、自分の背に僕を仰向けに背負って、「千手観音。」だと云って戯《たわむ》れたりしました。子供の僕は父の背で、「千手観音、拝んでおくれ。」などと云ったりしました。僕はこの遊びが好きで、よく父にせがんだものでしたが。もし父が並の躯であったなら、父のこういう為人《ひととなり》はもっと外部にあらわれて、広く、暖く、家庭を包んだことでしょう。

父が浄瑠璃を習うようになったのは、十三、四の頃からだといいます。周囲の者が父の為に図り、また父にも少年としての決心があったことでしょう。三十年余もこの道に親しんできたわけになりますが、そういう人として父はいまどんな心でいるのでしょうか。僕も自分の拙さを忘れて、自ら好める道に進もうとしている者です。そういう僕はやはり父のうちに一人の芸人を見たいのです。もしも父が僕の道の先輩であるならば、僕は父の書いたもののうちに、動じない父の心を見出すことも出来得たでしょうに。悲しいことに、浄瑠璃のことには、僕は自分のうちに自ら恃《たの》むどんな情熱も見出し得ません。僕は父の語るのを聴き、口惜しい思いをします。父の芸のいいものであることだけは僕にも解るので、それだけ、芸人としての父に心許なさの感ぜられるのが、淋しい気がします。僕はもっともっと浄瑠璃に心を傾けることで、拠りどころを見出しているような父を見たいのです。そうでなければ、父という人はあまりに淋しい人です。この間ラジオで父の先輩の人がその道の話をしたのを聴きました。その人は云いました。「朝《あした》に道を聞かば、夕《ゆうべ》に死すとも可なり。」芸に就く者の心のほどを感じ、僕の年若な心が父に望むものが、決して大人から笑われるようなものでないことを確めました。また父の語物のうちで僕がよく知っているものを、さる人が放送したのを聴きましたが、その時僕は父の方が立派だと思わないわけには行きませんでした。父もそれを聴いて、ちょうど見えていた連中さんと話していましたが、恃《たの》むところのある口振りでした。僕は隣りの二畳にいてそれをきき、流石《さすが》に興奮を催すこともあるのだなと思い、愉快でした。父はふだん大変ぼけた善人で、僕は淋しく、歯がゆいのです。僕は父のために檜舞台と喝采が欲しいのではありません。(ああ、もしその喝采をきくならば、僕はどんなに嬉しいことでしょう)ただ、芸のことと、己の道のことにつき、父の心に自若たるものを望むのです。芸のことと、己の道のこと、それはまた僕の行手にある問題なのですから。ここにフィリップの言葉があります。「芸術家とは、つねに自らに耳を傾け、自分の聴くことを自分の隅っこで率直な心で書きつける熱心な労働者なのだ。僕は、自分の思いどおりの木靴を作るために働く村の木靴工と、人生を自分が見るがままに物語る作家との間に、差別を認めない。」こういう言葉は僕を励ましてくれます。父の芸の道に於て、僕には父をどう輔《たす》けようもなく、そのことを思うと、いつも淋しい気持にとらわれます。

僕はこの頃思うのです。僕達兄弟の中で、誰よりも僕が一番父に似ている、と。かく云えば、おそらく家の者や知人の顰笑《ひんしょう》を買うことでしょうが。また僕は思うのです。僕達兄弟の中で誰よりも死んだ母に似ているのは、僕だと。僕の眼が死んだ母の眼に似て怖いということ、これはふだん誰もが口にしていることです。これらはみな、なにがなしにそう思うのです。なんだかそう思えるのです。父の、母の、稀《まれ》なやさしい善い心を僕はもらうことが出来ませんでした。ただ一つ僕に親譲りの顕著なる特質があります。それは母に似てひどく汗っかきなことです。死んだ母はまれな汗っかきでした。夏になると、実に玉の汗をかきました。母の働く性質を、その濃情《のうじょう》を語りがおに、汗は満ち溢れ、流れました。母はハンカチはいつもぐしょぐしょでした。先生、僕も汗っかきなのです。とても母には及びませんが。僕は人から随分汗っかきだねと云われると、いつでも「ええ、親譲りでね。」と答えます。僕には愉快なのです。僕は自分が陰性な厭《いや》な奴だと思うので、自分にそんな、人に隠せないものがあるというのが、ひどく嬉しいのです。汗っかきということは、悪い感じのものではありませんね。父はよく独りで稽古部屋にいて、指を噛んだり、膝頭を叩いたりして、見えぬ眼をむいて、なにやら唸っていることがあります。なにに興じ、なににわれを忘れているのでしょうか。僕もよく二畳の部屋にいて、指の背を噛みながら、止めどない想いに耽ります。これは父に似たのかも知れませんね。

先生、昨日僕は久し振りに図書館へ行きました。そして漱石の書簡集を読んだのです。あれには師から弟子へ宛てたものが、沢山集めてありますね。年若い弟子を持った師の心が、躍如《やくじょ》として僕の胸に迫りました。そして読んでいる僕の心にふいに活きかえって思い出された一つの言葉がありました。それは、芥川龍之介の死後一友人が生前芥川がその人に告げた言葉として、その追悼の文辞の中に録した言葉なのです。芥川はその人にこう云ったといいます。「君が漱石先生に逢っていたら、君と僕との間柄も、もっと違ったものになっていただろう。」と。漱石に逢いたかったという思いが僕の胸に湧きました。

先生、僕も恥知らずでは生きて行けません。「お前は間違っている。こうしなさい。それはこういうことなのだ。くよくよすることはいらない。」

僕は僕を叱る声がききたいのです。僕の疑惑と逡巡を断ち切ってくれる言葉が欲しいのです。

影は妹のごとくやさしく
幸福《しあわせ》が私と肩を並べて歩いた。

僕は散歩の途上、わが身をかえりみては、よくこの詩を口ずさみ、歩調をととのえようと試みるのです。幸福は、やさしき人のことを思う故にはあらず、われにかしずきくれる、はしき妹のわが家にあるにあらず、独り木下蔭《このしたかげ》をゆくとき、道のべに佇《たたず》むとき、ふとわが身を訪れる、なごみゆく心……空の色、樹木のたたずまい、道ゆく人の顔、さては蹲《うずくま》る犬の眼差し。僕は眼を惹く限りのものに眼を止めては、調和ある心を得ようと努めるのですが、僕の朴歯の歩みは依然としてぎごちないのです。

影は妹のごとくやさしく
幸福が私と肩を並べて歩いた。

ああ、親しい心の時よ。心のうちにこの詩を呪文のごとく唱えつつ、僕は慰まぬ散歩を続けて行くのです。

先生、ふと口をついて出たようなこの詩を僕は好きなのですが、どうお思いですか？　誰の詩だか御存知ですか？　首をかしげている先生の顔が見えるようです。この詩は、さあ、誰の詩だと云ったらいいでしょうね。「影は妹のごとくやさしく」これは「侘しすぎる」の清吉がふと思い出て口ずさむ文句なのです。「幸福が私と肩を並べて歩いた」これはヴェルレエヌの詩の一行です。「侘しすぎる」を読み、この句を見出して、清吉のようにこれをくりかえし、くりかえししていたら、僕の心にヴェルレエヌの詩が思い浮んだのです。僕は二つの句を並べて口ずさんでみました。「影は妹のごとくやさしく」誰の云った句かは知りませんが、こう並べてみると、ある心持が感ぜられますね。「いい句だ、ほんとうの淋しさにあった人の云った句だ。」と清吉は思うのですが、「幸福が私と肩を並べて歩いた」ヴェルレエヌもまた不幸な人だったのですね。それでこの二つの別々の言葉が一人の人の口から吐かれたような親しさを呼ぶのですね。

影は妹のごとくやさしく
幸福が私と肩を並べて歩いた。

和やかなもの、秘かなもの、親しいもの、楽しさがその人を訪れたことが感ぜられますね。
先生、今朝明け方、僕は夢を見たのですよ。僕が女の人の肩を抱いて、道を歩いていた夢なのです。ただ、それだけの夢なのです。その女の人とどんな話を交したわけでもないのです。ただ、ね、先生、その時の僕の心は楽しかったのです。満されていたのです。僕が現実では一度も味わったことのない心地で僕はいたのです。夢の中で僕は完全に幸福だったのです。夢がさめてからもその感動は残っていました。僕はいつまでもその楽しさの後味を味わっていようとつとめました。その時の僕の気持は、あの詩に感ぜられるものよりは、もっと濃いものだったかも知れません。

その女の人はある映画女優にも、また以前家に稽古に来たことのある娘さんにも似ていました。僕はその映画女優に惹かれたこともなければ、またその娘さんのことを心に思ったこともないのですが。ただ僕は夢の中で僕が味わった甘美な気持を忘れることはないでしょう。現実では僕はそれを知らないのですから。

僕にはずっと前にも、これに似た夢の経験があるのです。その夢では、僕は少年時代の友と背を並べて歩いていました。そしてその時も同じ様に僕の心はわりなき楽しさに浸っていたのです。抑制、気づかい、そういうものから心はまったく自由にされ、云いがたき楽しさのみがありました。

先生、僕はどうしてこんな夢を見るのでしょうね。どうして現実の生活が僕にくれたことのないものを、夢の中では経験することが出来るのでしょう。

現実では僕の手はまだ一人の友の肩も抱いたことはないのです。

日頃本を開き、「仲よし」とか「気の合う」とか「好いた同士」とかいう活字が眼に映ると、僕は心がうぶな娘の心のようにときめくのを感じます。また、路上や電車の中などで、中学生などの親密な狎《な》れあいを眼にするとき、僕の胸は消しがたき淋しさに襲われます。

僕はこれまで女の友達など持つ機会もなくて過ぎてきたせいか、わが身に恋人を想像することよりも、一人の友の腕を欲する心の方が、いまも強いのです。僕はどうやら、子分肌、弟分肌に生れついているようで、人に頼る気持がいつまで経っても抜けずにいます。その癖傲慢《ごうまん》な奴で、ちっとも可愛げなどはないのですが。僕は長い間、一人のよき兄貴が欲しい思いでしたが、いまは兄貴という人よりも、温和な同年の友のことを想像します。

先生、好きな友のことを語らせて下さい。さあ、どういう風に話したらいいかしら。

友は僕よりは脊は少し低く、しかし躯つきは、僕よりもがっちりしているのです。人は友を初めて見た時、へんに跼蹐《きょくせき》としたものを感ずるのですが、見ているうちに、それがまるっきり反対なものであることを知ります。友の顔はよく見ると、のびのびとしたものなのです。どちらかというと、怖いむっとした顔つきなのですが、若々しい感じがあって、怖い眼つきにまたやさしいところがあるのです。全体の感じは、岩だとか、熊だとかいう言葉を想わせるのですが、またいつも柔和なものが感ぜられるのです。人は友に対しては奔《ほとばし》る熱情よりも、潜む静かな力を感ずるのです。才気煥発《さいきかんぱつ》して衆目をあつめるなどいうことは、友の柄ではないのです。生活上の種々なことに於《お》いて、人に譲歩する寛い心を持っているので、些末《さまつ》なことで人と争ったり、人をへこましたりすることを好みません。ですから時に友の寛容を愚鈍と見誤った小人共が、友を以《もっ》てくみし易しと見て、失敬なこともするのですが、でも友はそんな連中を叩き伏せることなどはしないのです。いつか自然と友の周囲からは、無意味なひやかしなどは影を消してゆくのです。とりわけて兄貴肌というわけでもないのですが、温和なむらのない心が自然と好感をよび、同年の者よりは長者の信頼を得るような、そんな有為な感を抱かせる人柄なのです。しかもその心はまれな無邪気と率直さを持っているのです。

この友と僕は中学時代にめぐりあった、と、まあそんな風に想像してみましょう。

僕は中学の三学年を二度学びました。その二度目の春、一人の馴染《なじ》みもない仲間の中に、地方の中学校から転校してきたこの友と僕は、二人の新入生として机を並べたのです。最初の日の博物の時間でした。出席簿を見て生徒の名を呼んでいった先生が、僕の番にきた時、顔をあげて、「おや、君は落第したのか?」と思わず口走ったのでした。僕は曖昧《あいまい》な笑いを浮べました。一瞬、教室に笑声が起りました。僕はそっと隣りの生徒の顔を見ました。その朝校庭でその生徒の顔を見た時から、心を惹かれていたのでした。その生徒は教科書の上に眼を落していましたが、笑いを忍んでいる風は見えませんでした。僕はその無心さに聡明なものを感じました。

友はなまけ者の僕と違って、まじめに勉強しました。しかし、どの科目に特別秀《ひいで》るということもなかったのです。ただ、剣道部の秋の試合に示した、友の沈着な技量は僕達を驚かしました。この地味な新入生がそんな卓抜《たくばつ》なものを持っていようとは、それは誰にも思いがけなかったことなのでした。友の好ましい為人《ひととなり》はだんだんに僕達の間に知られてきました。しかし、友は決してはにかみやではなかったのですが、無口な質《たち》だったので、誰とでもすぐ親しくなるという風ではなかったのでした。とりわけて遊び友達というものもありませんでした。ただ一人、仲よしがありました。それは僕なのです。はにかみやでそして傲慢な僕が友の一人の仲よしなのでした。新入生として机を並べたことが、自然と僕達を近づけたのですが、僕達はすぐとお互いの間に素直に通じあうもののあるのを感じました。初対面の時の直感はいつも心にあって、二人の間で裏切られたことはありませんでした。また、友の敏感な心はすぐに僕のへんな泣きどころを感知してしまったのでした。友のやさしい眼が僕に対して大人びた光りを帯びるようなことがありました。それは僕を狼狽させるものでした。しかし、僕は友が好きだったので、それに僕は素直なところもあるので、友に対して自分をかまえるようなことはしませんでした。友の心が僕を包むのをおぼえることもありました。地理の宿題で大変綿密な地図を描かせられたことがありました。面倒がりやの僕は中途でそれを放擲《ほうてき》してしまったのですが、友はそのために徹夜して僕の分まで仕上げてくれました。

或る日午休みの時のことでした。友と僕ともう一人の同級生との三人で、校舎の窓の下に倚りかかって雑談をしていました。午後のはじめの授業は教練だったので、僕達はゲートルを着けていました。ふと友が僕の足を見て、ゲートルの巻き方の下手くそなのを笑いました。僕はひどく不器用でゲートルが満足に巻けたことはなかったのでした。しかし友も決して上手な方ではなかったのでした。僕は友のゲートルに注意して、その、巻き方の正式でないのをなじりました。それから僕達の間にゲートルの正式な巻き方について争論が起りました。一瞬、僕達は熱中しました。その時、もう一人の同級生が、「君達はいつでもすぐ喧嘩をするんだね。仲がいいから喧嘩するんだね。」と云いました。僕達はそんなに口論をしたことはないのですが、この同級生の言葉をきくと、友は頬をあからめ、校舎に背を強くこすりつけて、はにかんだような顔をしました。僕にはわかりました。友には嬉しかったのです、僕と仲がいいと人に云われたことが。僕は決して早熟な少年ではなかったのですが、ただ僕の胸には自分が厭な奴だという思いが早くから兆《きざ》していました。僕は人と親しみあうことも少く、独りの気持には慣れていました。僕は友の顔を見て、ああこの友は僕という人間をほんとに好きなんだなと思いました。僕はこの時初めて人の顔に、自分に対する偽りのない好感を見たのです。ああ、僕は単なる軽挙妄動《けいきょもうどう》の徒に過ぎないのに。一介の破廉恥漢《はれんちかん》に過ぎないのに。

先生、実は最初このノートに向った時、僕は迷ったのです。誰の胸に「僕はね、僕はね。」と云い送ろうかと。僕の胸のうちには三人の人がいるのです。先生に、この友に、そしてもう一人、或る女の人と。その女の人は僕の親しい身寄りの人で、僕の赤ん坊の時分から僕を知っていて、いつまでも僕の成長を見護っていてくれる心を持っている人なのです。大柄な、髪のゆたかな、なんでも承知しているような、やさしい愁《うれ》い顔の人なのです。僕はその人を「おばさん。」と呼びます。

「男の子は頑張らなくては駄目。最後からでも歩いて行きなさい。」

その人は時にきびしく、時にやさしく、それから、笑ってはいけません、時々お小遣いをくれるのです。
僕は随分迷ったのですが、でも僕の心は強く先生の方に惹かれました。
僕は学校にいた時分、時々授業をエスケープしては、よく隣りの海軍墓地へ、境の柵を乗り越えては入り込みました。墓地の奥の方には広い草地があって、僕はそこまで出かけて行っては、独りの時を送りました。

瑠璃色の水　空に流れ
気澄みて　涼しく
われ　ひともとの桜樹の蔭に立ち
その実摘み　押しつぶし
葡萄色　掌を濡すを楽しむ。

僕は草のうえに坐ってこんな詩を詠んだりしました。そしていつも先生のことを思い、傍らに先生を想像しました。先生はやさしい眼差しで僕を見ました。そして僕の話すのを静かに聴いてくれました。「心配しなくともいいよ。」先生の眼は僕に向って、こう云っているように思われました。

新しき夫の愛

――牢獄の夫より妻への愛の手紙――

若杉鳥子

ink
BLACK
PILOT

山内ゆう子——私は一人の新しい女性を紹介する。見た処彼女はまだほんの初々しい、はにかみがちな少女に過ぎない。だが少し相対して話していると、聡明な実にしっかりした女性であることが解ってくる。

彼女の生まれは九州だそうだが、父が地方長官をしていた関係で、女学校を東北のA市で卒業した。父の没後は、母と一緒に東京の郊外に棲み、女子＊＊に通学していた。卒業後は独自の生活を立てながら、医学の研究を続けてゆく決心でいたが、美しい彼女のもとへは女学校時代から、結婚の申し込みが殺到していた。それに、財務官をしている叔父夫妻までが、彼女のお嫁入りの世話に躍起となっていた。——だが本人はというのに、ようやく時代にめざめつつある彼女が、先ず周囲を見廻す時に、真面目に問題とするような男は一人もいなかった。

階級闘争の激烈な時代に生きながら、この有産階級の男達は、脚下に迫っている明日の没落の運命を少しも知らない。或ものは刹那の歓楽を追い、或ものは醜い利己の欲望に駆けめぐっている。そういう男達の無智に対して、彼女はひそかに絶望していた。

丁度そうした時、彼女の眼の前に、実に長い間待っていた人のように現れて来た人があった。それこそ、これから展開してゆく手紙の主人公——左翼の闘士Eである。

Eと彼女が知ったのは、ある洋画家の処だが、Eと知り合いになると間もなく彼女は、Eの関係している＊＊＊＊の仕事を手伝わして貰うようになったが、そのうち、それは実に周囲の者も気がつかない程急速なテンポで二人の恋愛が進んで行った。だがゆう子が住所不定のEと結婚する為には、その準備金が必要なので、彼女は今まで、ブルジョアの娘としての自分を飾っていた、着物や装身具一切を持ち出して、母に内密で多額の金と換えてしまった。

そうやって、家出娘のゆう子と住所不定のEとが、やっと一軒の隠れ家をみつけて落ちついたのだが、それで決して彼等の恋愛は、ハッピーエンドを告げるのではなかった。

問題はむしろこれからなのである。

一九二九年夏、荒れ狂う暴圧のもとに、最初の＊＊＊＊が＊＊停止に会い、関係者全部が検挙投獄されたことは、日本のプロレタリアートの＊＊＊＊史上に特筆さるべき有名な重大事件であるが、丁度、彼等の結婚もその時期《とき》に当たっていた。

そして二人がある小路の奥に巣を作った四日目の朝、Eは同志との連絡をとりに出たきり帰って来なかった。後で、Eがある同志の家の附近で捕まったということを彼女は、知ったのだが、何にしてもEとゆう子が一緒に暮らしたのは、たった三日間だった。現在の下《もと》に繋がるる限り何時迄待てば解放される彼であるのか——誰にもそれは解らない。まだ処女の如く、若く美しい三日間の妻だった山内ゆう子は、その後どんな道に生きてゆくか？　或いは白髪の日まで夫を待つ妻であるだろうか？

これでひとまず山内ゆう子とEとの紹介を打ち切って置く。

革命後のソヴエット・ロシアに於いては、コロンタイの恋愛観等にも現れた乱婚生活が一時盛んであったということだが、それは今日ではもう、反動的な頽廃《たいはい》的な何等××とは縁のないものとして批判し尽くされた。だがまだ日本ではこの小ブル的な恋愛観が何か新しいものでもあるかの如く問題にされている。

その時にあって、前に述べたこの二人の男女は、どんな風に恋愛を考えているか、或いは又実行に移しているか？　読者はいま此処に発表する十通の手紙——牢獄の夫から妻に宛てた——を読んでゆかれたなら、闘争の嵐の中に戦う二人の姿を、はっきりと見出し、この圧搾された愛情を、如何に貴く痛感されることであろう。この手紙の書かれた季節は、春から夏にかけてであって、手紙と手紙の間の欠けている処もあるが、日附順に並べて行こう。

1

一ヶ月振りで君の手紙を見た。

そしていつもそうには違いないが、特に昨夜の手紙には、いささか幸福を感じた。実際君は、誰に指導されなくても自分自身で、自分の思ったことを実行してゆけるようではないか。それならばそれが一番いいことだと僕は思う。だから是非そうして、しっかりやってくれ給え！

それから君はKに就いて不備を洩らしているが、Kは僕にとっては事実いい友達なのだ。然し決して「同志」ではなかった。この事をよく考えなければいけない。戦闘的な労働者を見る眼をもってKを見ればもう、全然問題にはならない。だが兎に角彼は左翼運動に興味を持っている心掛けのよい紳士なのだ。ポケットに資本論を突っ込んで銀座をブラついて歩いたって咎めるわけにはいかない。Hについては問題にする方が間違っている。彼等にはそのつもりで交際してゆき給え。「宅下げ」は厨川白村二冊、「ドイツ語動詞変化表」の一冊。洗濯の事は心配しなくてもいいよ。監獄に来てまで毎日、「洗いたてのシャツ」をという約束の実行を迫る程俺も贅沢ではない。先月一日に城東道子という人が差し入れてくれた。僕にも見当がつくが、君が知っていたらよろしくいってくれ。

俺のようにロクな仕事もしないでトッ捕まって不生産的な別荘生活をしているものにも、外の諸君が色々心配していてくれてることを思うと、赤面しないわけにはいかない。Aがまるで、シンボリストのような手紙をくれた。はっきり意味は解らないが、都会の騒音と歴史の機関車の驀進《ばくしん》する轟音とを感じる事ができた。新しい革命的現実的象徴主義の芸術が、こんな処から発生しやしないか等と、馬鹿なことを考えた。——誰かホイットマンの詩集か、ヴェルハーレンの「触手ある都会」を持っていないか。字引き受け取った。有り難う。アドが変わるようだったら面会で知らせてくれ。

2

先週中に四月九日から五月二日までの手紙が連日のようにやって来た。しかも君が投函するのとは反対の順序で、つまり一番古い四月九日のが最近に手に入った。だから返事したいことも沢山あるのだが、一々書いていられない。残念ながら何時ものように出てから緩《ゆ》っくり話してやろうと思って我慢するより仕方がない。マジョール湖の絵葉書は、表も裏も面白かった。またあんな絵葉書にそしてあんな報告を書いたのをくれ給え。

僕が君に忠告したいことは君が本ばかりでなく、「事実」に注意して欲しいということだ。例えば市電の争議についても、電柱のビラを見て感激している奴はいても、その「要求」について真面目に研究をしている奴は割に少ない。ヒドイのになると、市電の職場が運輸とか、車庫とか、被服工場とか色々に分かれていて、それぞれの問題があることすら知らない奴がいる。総同盟や組合同盟にどんな組合が所属しているか（つまり＊＊＊の＊＊＊でも知ってるようなことすら）知らないマルクス主義者がいる。それ等の人々は現実に対する真面目な興味の欠けてることを示している。（大山郁夫がそれだったように）君はそんな風なマルクス主義者になってはならないし、又如何に上手に組み立てられていても、そうした事実を知らない人に対しては、その議論を絶対に信用してはならないのだ。

まだ書きたいことがあるが書けなくなってしまった。宅下げしたのはドンキホーテ二冊、それから郵便で着物を送った。あのシーツの黒くなったことには、近来急速にプロレタリヤ化しつつある君も流石《さすが》に驚くだろう。今「西部戦線」を読んでいる。それからドイツ語の文法、君の送ってくれた奴をもう一度差し入れしてくれないか。然し手許《てもと》になければいいんだよ。では又。馬鹿に急いだので何も書けなかった。

3

此の間は思いがけない人にも逢ったし大変愉快だった。「理論的には大分しっかりして来たつもり」の人よ！　君は非常に丈夫そうに見えた。そう見えるだけではなくて本当に丈夫になったのだろう。処で宅下げの本はこの手紙が君の手許へ届くまでには三冊になる。前便で着物のことを書いておいたが二三日何だか寒いので見合わせているのだ。そのうち郵便でKの処へでも送ることにしよう。君達に余り面倒な思いをさせるのも気の毒だから。読書に関するプランは中止したよ。だが、心理学の本を読む前提として、解剖、組織、生理学に関するものを読みたい。急ぐわけではないから、何処からか見つけて来てくれ給え。

俺のドイツ語も近頃では君の理論のように、「大分しっかりして来たつもり」だよ。文法的にもそれからまた単語についても。K夫人は病気ではないのかね。そんな気がする。逢ったらよろしくいってくれ給え。K夫人の亭主にもたまには手紙をよこせと云ってくれ給え。

4

幾分かキートンに似ているというオカミさん！　忙しいですね。相変わらず。兎に角君に「公休日」があるようになったのは劃《かく》時代的だよ。以前は毎日公休日だったのに！　此の間送った着物、それから宅下げした本（ドイツ文典、西部戦線）は受け取ってくれたかね。計画的な読書については暫く前に書いたように、もう止めたんだよ。僕はヒマだからいくらでも綿密なプランを立てるし、また立てたくもあるのだが、君は多忙であるし、俺の親類の連中から寄附を募集することも君にはもういいかげん沢山だろう。君の不足な生活費から搾取するのもいやだ。等々だから何でもいいから成《なる》べく実際的なものを入れてくれればいい。小説はこの頃余り読みたくないよ。よっぽど面白いのでなければ。「西部戦線」は面白くあったたし、それに少し沈滞していた食欲を恢復《かいふく》させてくれたのは有り難かった。兵隊が書いた本だけあって、食うことばかり書いてあるんだもの。ベーコンや豌豆やチーズなんか盛んに出てくるじゃねえか、しかも、なかなか、うまそうに書いてある。ではまた来週！

5

手紙を、五月になってから二つ受け取った。第三信というのと第四信とである。

ゴールキーの小説のような街で君が生活してること、めし屋で食事をすること等々、はなはだ愉快ではあったが、もうそんなことは当然すぎる話になってしまわなければならないぜ。現代支那語講座を受け取った。しかし、あれは毎月つづくらしいが、後はどうなんだろう。発音は此処にいては到底物になるべくもない。だが読むだけなら、字引さえあれば全くゾーサないことだ。一体この牢屋で読めるような「現代支那語」の書物が日本で発行されてるかしら？　誰かに聞いて見てくれ。ユーデット其の他宅下げした。今ドイツ語はトーマス・マンの短編を読んでる。物理の本はドイツ文典を宅下げした後で入れてくれ。今、満員だ。

Sはまったく真面目な人だよ。むしろどっちかと云えばリゴリストでさえある。君にとって見当がつかないというのは、多分、向こうでも、君に対して態度がはっきり定められないで困ってるからなのであろう。つまり、子供として取り扱っていいか——大人として待遇していいかが——僕にはそう思えるのだが。それから僕が＊＊＊＊＊の残滓《ざんし》をもっていたという話はどうも承認しかねるね。僕が何か間違いをやったということの原因は決して＊＊の残滓ではなくて他のことに原因してるようだ。一口に＊＊といっても、＊＊を排撃するにしても、その歴史的役割や功禍《こうか》を正しく批判しなければいけない。昔の＊＊は昔の＊＊より仕事をしたし＊＊的でもあった。それがどうして、＊＊＊の列中に移行したかを、よく理解していなければアナを批判することは出来ない。

此処では「人」という雑誌を売っている。見ると村山貯水池の防空施設の話や、軍縮の話等が出ている。又夜になるとよく機関銃の演習が聞こえて来る。そんなことが＊＊＊＊＊のことを色々と考えさせる。運動の時間はずい分有効に用《つか》っている。運動場の廻りを百回づつ走っているよ。では又来週！

6

此の間、面会の時の話は（何のことだか一こう見当もつかないが）要するに誰かが何か君の悪口を云って来ても、それについて煩わされることはないということ、それは充分に承知してるから心配することはないよ。まだ誰もそうしたことを云っては来ないし、又云って来た処で僕には問題が君の個人的な事柄に関する限り、君の云うことが先ず第一に信じられるのだから。次に青バスの事は如何にも残念だった。しかしすぐに他の口があったことは何よりだ。君の労働への進出については、僕にして見れば相当に感激もしているしほめたくもあるのだが、今あんまり口を極めて賞賛してしまうと、直ぐ二三ヶ月してから（そんなこともないだろうが）すっかりヘタバッテしまうようなことになるとすると、君はその時、余計恥ずかしい思いをしなければならないから、今は余りホメないよ。

よほどの事のない限り、ちょいちょい転職してはいけない。そんな風だと人間までが散漫な性格に変わってしまうから——亭主の義務が命ずる所に従って説教しておくが、近頃閑《ひま》になったせいか何かしら説教めいたことを口走る癖がついたのに自ら呆れている。まるでインキョの如く！　お母さんはどうしてるかね。おばあさんは眼鏡がガタつく程やせてしまったと云う話だがどうなんだ。

終わりに臨んで余り喧嘩をしないことを勧告しておく。必要な喧嘩ならどうしてもしなければならないし、又、気を強く持つことは今の君には絶対必要なのだが、しかし君は軍鶏《しゃも》ではなくて、俺のオカミさんなんだからな。

7

まるで君が写真をうつす時のように少しスマシて書いたらしい手紙を受け取った。それによると、尊敬すべき俺のオカミさんは、「四日間の労働体験」を誇って（誇ってるわけでもないだろうが）いるようだ。勿論それは立派な体験には異《ちが》いない。その点には異議はないが、「体験」も四日間位だと、それは却って「如何に体験が少ないか」と云うことの証明として、より多く役立ちはしないかね。だが、今はもう四日間を十倍した以上の体験を得ている筈だし、俺が出る頃には、それこそまるっきりプロレタリヤになっていることだろうな。今、君は余計なことを考える必要はないから、なるべく沢山仲のいい友達を作るようにしなければならない。つまらない活動写真を一緒に見に行ったり出来るだけ親切に交際《つきあ》ったりして。――そうしてプチブル的な環境から次第に完全に絶縁してしまうようにしてくれ。

仕事はどんなことがあっても、チョイチョイ変えないようにしてくれ。そうすると何にもならないばかりか、変にルンペンな癖がついてしまうから。――勿論一時的なつもりではなく、今の決心なり実践なりは永久的なものであろうことは、俺も固く信じているし、信頼してもいるのだが。モップル（※1）に行ったら、土岐哀果の歌集「空を仰ぐ」と「現代支那語講座」が宅下げしてあるから頼むよ。――俺の手紙の字はまた大分大きな字になってしまった。そのうち小さな字でウンと色々なことを書くからカンベンしてくれ。俺も出たら「労働しろ」という君の勧告は、その原則は、勿論賛成なんだが、俺をやとう工場もないだろうし、俺は労働していない方が、社会的に有用な人間ではないかね？　手紙よこせ。では失敬。

子犬と食器を一緒にしているなんて、汚ねえからよしな。――

8

さて俺の方は実に、実に相変わらずだ。此の間の君の手紙は少し「令女界」だったね。（一々色々な批評はするが、一々君のように気にしていてはいけない。口が滑るばかりだから）そうしてあの手紙から想像される君の生活は、何だか馬鹿に淋しそうだったので、ひどく気の毒になったが、しかしそんなに気にすることもないらしいのを、あの同じ手紙の最後の方で知ったので安心した。「個人的な感情」などを余りかえりみないで、一生懸命やってくれ。実際この頃は痛切にそのことを感じているのだ。君の手紙にあるように「七年」でも或いは「十五年」でも、僕達にとっては、少しも「元気」に関係しはしない。いづれにしても…………。

それから僕の「病気」については心配しないでほしい。今形勢を見ている。僕だって体の大切なことは知っているから、その必要を認めればそのようにする。君の手紙にある玉井ドクトルの親切な忠告もまだその必要はない。モルガンの「古代社会」と「ドイツ新聞」とそれから、「鼠色寝間衣」なるものを宅下げしたからたのむ。支那語は辞書を購求していよいよ本気でやることになった。まったく、予定どおりドイツ語の方ははかどったから、今年中に支那語の基礎をやって、来年からエスペラントか、出来ればロシヤ語をやりたいと思っている。

少し悪い癖で先のことばかり考えているが、しかし予定は確実に履行するんだから、その悪い癖を謝してやってもさしつかえないのだ、では又来週だ。鐘紡の争議どうなったかね。失敬。

9

君の「講義」はそんなに「固い」のかね。多分ひどく難しいことを云うのだろう？　俺も一度聞いてみたいものだ。――だが要するに第一の問題は、集会そのものに興味を持たせ、次には君自身に対しても、「個人的」に好意乃至信頼を持たれるようにならなければ何事も始めるわけには行かないだろう。それから僕が一番気にするのは、君が労働者の友達に、日常の実践道徳について忠告せずにはいられないような事になりはしないかということだ。君はその点についても非常に神経質だから――まさか「太陽のない街」の婦人部長のような、話せないおばさんになることもあるまいけれど。――そういうことは第二義的のことで、それが、「第一義的のこと」に差しつかえないかぎり、黙って見ていた方がいいことなんだ。等とまだ色々考えたこともあったが、今世間の有り様が如何なる次第になっているか見当もつかない俺は、うっかりすると頓珍漢なことをいいそうだからこれくらいで止めた。

要するに、君が非常にいい道を歩いているらしいから、非常に愉快だ。だが――僕が此処にいる間は手紙で色々なことを、余り具体的に知らせてくれない方がいいのではないかね？　もっとそのかわり一般的なことを知らせてくれたまえ！　それから「物価問題」その他が宅下げしてある。モップルの人に、今後時々行って見てくれるように頼んで置いてくれないか。モップルから入れてくれたドイツ語の本は、書き入れがあるので不許可になった。Kから入れてもらったものはKへ返さなければならないだろう。それも頼んでおいてくれ。

監獄の庭は色々なものがゴタゴタと成長し、日毎に丈が伸びて行って賑やかになった。小鳥にとっては此処は安全地帯だと見えて、時々東京には珍しい奴がやって来て鳴いている。俺が中学の一年生の時、聖書を習った女の先生は、丁度今の君と同じ年齢であったことを思い出した。なる程あんなものかなと思った。だが、その時分は、その女の児《こ》を立派な先生だと思って尊敬していたものだ。

10

此の間は、なかなか愉快なことを聞かせてもらったのですっかり安心した。君は八十銭の日給でうまく生活して行くことが出来るのかね。多分お母さんに支持してもらっているのだろうが。なるべく一人ですっかりやった方がいいじゃないか？　お母さんには今度逢ったらよろしく云ってくれ（さしつかえなかったら）――本が三冊宅下げしてある。「明治大正文学全集」とトーマスマン短編集と、ドイツ語の本だ。なるべくKに返して貰うように誰かに依頼してくれ。

今度T子さんに逢ったら（嘘のようだが、あの尊敬すべき夫人の名前を僕は此処に来てから始めて知ったのだ。何か珍しい単語を字引で引き当てたような気がした）——経済学全集の中から、さしつかえなさそうなものを、毎月位の割で入れてくれるように頼んでくれ。それは彼の偉大な頭を持って（ただし形式の）有名な俺の竹馬の友、Nという男がもっている筈だ。俺の「病気」はまだ大したことはないから心配するな。此処にいる間は少し位体が悪くても一こうさしつかえないではないか。君の健康こそなかなか心配すべき点と理由とを持っているのだが、近頃は非常にいいらしいので安心している。

もうそろそろ、俺達の一年が周ってくる。あの画家のうちは、青葉の中に埋没されて毛虫やナメクジが密集していることだろう。画家は絵が描けないと悲観しているそうだ。あの驢馬《ろば》のような絵描きは、昔のようにノンキにノンキな画を描くことは出来なくなってしまったらしい。何か特別な「美」をデッチ上げることにサンタンたる苦心ばかりしているが、元来そんな「特別な美」なんてものはありえないから、其処に表現されているものは、唯重苦しい苛々《いらいら》した気持ちだけなのだ。あれでは絵も描けなくなる筈だ。処で僕が一番初めに君にすすめた本を、君は読んでしまったかね。あの本は非常にいい本だから是非一生懸命に読めよ。

完

此処では男の人の手紙ばかりで、残念ながら女の人のがない。然しながらこの手紙を読んでゆけば、その前に女の人がどんな手紙を出したかは、ほぼ推察されることだろう。と同時に、女の人——山内ゆう子——の境遇が転々と変化して行くことも想像されるだろうが、実際また彼女はあらゆる苦難と戦いながら、勇敢に勤労婦人の生活の中へ飛び込んで行った。ある時はタイピストにある時はバス車掌に、——それは止むをえない事情で職場を変えたのだった。

だが、今ではもう完全に、彼女は街頭から姿を消してしまって、知る人は一人もいない。

読者はこれを読んでゆくうちに、この手紙が単なるあまい恋文でないことに気づかれたであろう。と同時に、二人が如何にその恋愛を階級的に高めて行こうと努力しあっているか？　夫は妻を同志として如何に訓練してゆこうとしているか？　彼等の愛情がどんなものであるかを、充分に正しく洞察されたことであろう。

（※1）国際赤色救援会の略。筆者もこの会で活動していた。

早春箋

辻村もと子

ink
PILOT

まづまづ安着いたしましたこと、ご安心あそばして下さいませ。二日二晩も汽車や船にのりづめでは、臓腑がごちやごちやになつてしまふだらうにと、お母さまはおつしやつて不安さうになさいましたけれど、おもひのほかなんともないものでございます。もつとも初めての長旅なので夫も大変気づかつてくれまして、途中、前便のとほり松島を見物いたし、青森で船のでるのをまつあひだ三時間ほど停車場前の「かぎや」ともうす宿で休み、連絡船で六時間、割合にくたびれもせず、はじめて海を越えた土地につきました。

蝦夷松前などゝ、小田原のひとびとは囚人だけのくるところのやうにもうしてをりますが、どうして、北海道はなかなかひらけたところでございます。ことに函館なぞ、昨年日露戦争が終りましてからは、樺太との連絡にも重要な港となり、外国にでもまいつたやうに立派な西洋館がそろつてをりましてびつくりいたしました。

たゞ青森からはしけで連絡船に移りますときだけは、ほんとうに怖しく、どうなることかと気もそゞろ、しみじみ来なければよかつたとさへおもひました。そのはしけともうすのは小田原の漁船ほどのもので、本船へまいりますあひだ木の葉のやうにゆれるのでございますもの。海をみてはいけない、じつと僕の手をみておいで、と夫はもうしました。私は、いはれたやうにいつしようけんめいあのひとの節の太い手をみつめてをりました。さういたしますと、なんだか、このがんじような手が、私の一生をぎゆつとつかまへてしまつてゐるのだと妙な気持がいたし、たのもしいよりも怖くなつてきてこまりました。お母さまのお手からこのひとに移され、このひとがこれから先の生涯をともにいたすひとなのだとそのときはじめて身にしみて考へられたのでございました。

本船は大きく、それに上等の船室をとりましたので、ちようど応接間にでもをりますやうにお花など飾つてあり船のなかとはおもはれぬやうでございました。でも、小さな円い窓から、内地の陸の影が次第に遠のいてゆくのをみておりましたら、いよいよ、お母さまと同じ陸つゞきの土がふめなくなつたのだと気づき、涙がこぼれてきてこまりました。

でも、夫は大変やさしいひとでございます。なんだか真面目すぎるやうな顔して、気むづかしいひとではなからうかと、ご心配なさいましたけれど、ときどき面白いことをいつて笑はせ、真面目なかほして冗談をもうしますので、びつくりいたします。小樽に下車したときでございました。十二月のさなかなので町はすつかり雪、この雪のこともくはしくおしらせしたいのですが三尺も四尺も雪がつもつたら歩けはしまいとおつしやいましたけれど、立派に歩けますのですよ。しかも下駄ばきで歩けるのでございます。そのかはり、雪がすつかりふみかためられて鏡の面のやうに硬くなつてをりますので、氷の上を歩くと同じなのでございます。はじめて小樽の街でその雪道に出ましたときは、どうにも滑つて歩けずたうとう停車場の前で立往生いたしてしまひました。

夫は私の信玄袋まで持つてくれて、さあ大丈夫だから僕につかまつてお歩き、ともうすのですけれど、ひとさまがみてゐるのですもの、つかまつてなど歩けはいたしません。よろしいのでございますよ、と一足二足あるき出しましたが、軽業の玉のりみたいなのでございます。そばを通る女のひとたちが、なんの苦もなささうに早足で歩いてをりますのにあきれて、どうしたら滑らないのでございませうねときゝましたら、夫は、かゝとに力を入れて大またに歩けばころびはしないよ、と真面目なかほしてもうしますので、私はいはれたとほりにして歩きだしたと思ふとすぐ、みごとに、子供みたいにころんでしまひましたの、すると、夫は面白さうに大笑ひいたすのでございます。正直なひとだ、ほんとうにかゝとに力を入れたんだな、そりや反対なのだよ、爪先に力を入れて、小きざみに歩くんだよ、と、たすけ起し、今度は私の腕をつかまへて歩いてくれました。反対なことを教へるなんて、ずいぶんなひとだと、憎らしうございましたけれど、あのひとがそんな冗談をいふのがおかしく、私より十二も年上の大人なのに、やつぱり子供みたいなところがあるので、ほつといたしました。小樽の町は言葉のあらい、みんなけんくわしてゐるみたいな口のきゝかたをいたすところですが、泣きたいやうに夜の美しい街でございます。

あくる朝また四時間ほど汽車にゆられ、札幌を通り越してやつと夫の村に着きました。村ともうしましたけれど、村といふ言葉ではいひあらはせません。内地の村とはおよそ違つたところ、雪におほはれた原野に、人家がぽつり、ぽつりと二三町も間をおいておき忘れられたやうにあるばかりなのでございます。どの家でも夏になると三町歩、五町歩といふ耕作をいたしますのださうで、その自分の耕地の中にそれぞれ家をたてゝあるために、このやうにはなればなれになつてゐるのださうでございます。

汽車を降りますと、馬橇《ばそり》が迎へにまいつてをりました。箱の下に先のそつた平たい滑り木が二本ついてゐて、馬が曳くのでございます。頬の切れさうに冷たい風をきつて滑つてゆく橇の乗り心地はなかなか愉しく、馬の首についた鈴がチリン、チリンなりますの。この四五日の変化がはげしいので、なにかおとぎばなしの国に連れてゆかれるやうでございました。その馬橇《ばそり》で迎へに来てゐて下すつたのが夫の弟の浩造さまでございました。浩造さまも、そのおつれあひのおまきさまも、よい方たちでございます。おまきさまは、もうこちらにこられてから二年以上になられ、二月には赤さんがおできなさるご様子ですが、すつかりこちらの暮しにお馴れなされて、モンペをはかれ、きびきびとよくお働きなすつてをられます。私も、はやくあの方のやうになれたらよからうと存じます。

その夜、いろいろ用意がいたしてございまして、農場のひとびと二十人ほど集まりご披露の宴会がございました。私はまだ疲れてをりまして、夢のなかにゐるやうでございましたが、おまきさまが、なにやかとお世話下され、おつくりまでしていたゞき、黒の江戸褄《えどづま》で、もう一度婚礼をやりなほしたやうでございました。おまきさまは髪まで上手に島田にあげてくだされ、お祖母さまからおゆづりのあのべつこうの笄《こうがい》と櫛は、みごとなものだとおほめになりました。おまきさまは、私より二つも年上でいらつしやるので、義妹ともうしますよりはお姉さまのやうでございます。

この離れは、八畳が南に三間づゝとならび裏に六畳と四畳の納戸のやうな部屋がございまして、味もそつけもない開墾地風な建てかたでございます。そのうへ、広い土間を中にして同じ棟つゞきが大きな納屋になつてをります。その他、住宅よりもかへつて立派なくらいの馬屋がございまして、こゝにはよい種類の馬が四頭と、緬羊《めんよう》ともうす羊のやうな獣が二頭をります。この毛を刈つて毛糸でも毛織物でもできるのださうでございますが、まだ試みに飼つてみたのださうで、家のひとびとにもよく分らないらしうございます。それから、リスとポンチと呼ばれる大きな猟犬が一つがひ。リスはポンチの奥さんなのですが、リスはなかなか旦那さまおもひで、自分ひとりだけでは決してごはんをいたゞかず、皆がわざとからかつて、リスの食器にだけ食物をやりますと、ポンチの空の食器をくはへてまいりポンチの分をさいそくいたすのでございます。それに鶏が十羽ほど。生きものゝ世話だけでも大変なことでございます。

二人の男衆がをりますがこのひとたちは馬屋の二階が部屋になつてゐまして、そこにねとまりいたし、ばあやとその孫娘の小浪ともうすちゞれ毛の少女は母屋の方に住んでをります。それに浩造さま御夫婦と私共、これだけがこの家の家族ですが、みんなさつぱりといたしてをり、なんの気兼もございません。

雪道を歩くにも働くにも、こちらの女のひとたちはモンペと申すモ、ヒキのやうなものはいて居りますので、私もあの唐桟《とうざん》の着物をほどき、これからおまきさまに教へていたゞいてこしらへます。

夫は冬の中に足ならしをしておくやう明日から山に猟に連れてゆくと申してをります。ちつとも、心細いことございませんからご安心くださいませ。お母さまの神経痛いかゞでせう。湯の花はお勝手の棚の一ばん右の隅に甘納豆の箱に入つてをります。

お兄さまも、もう冬の休暇でお帰りなされてゞございませう。春江にもどうぞよろしく。

十二月十日　　　　ちよ

母上さま

新年のお祝詞もうしあげたきり、ずいぶんながくお便りさしあげず、どうしたことかとご案じあそばしてゞありませう。ちよつと風邪をひきぶらぶらいたしましたが、おかげさまでもうよろしく、昨日あたりから起きてストーブのそばで夫の野良着のつくろひなどいたしてをります。夫もきげんよく、いつもやさしくいたしてくれますゆえ、なんにも淋しいことはございません。病気のあひだは、自分でわざわざお粥をたき、いり玉子など上手にこしらへてくれました。お料理が上手なのですね、とほめましたら、開墾中はいつでも男世帯で、なんでもやつてゐたのだもの、料理ならなんでもお前よりは上手かもしれんと笑つてをりました。ほんとに猟でとつて来た野兎など、とても凝つたお料理いたしますの。風邪をひきますまへは、毎日のやうに夫や浩造さまといつしよにモンぺにカンジキともうすもの――これは雪に足の埋まらぬやうに、軽い木を曲げて丸いわくのやうにできたもので、これをはいてゐますと、どんな新雪の上でも足が埋まらないのです。かういふ仕度で一日に三里ぐらゐの山道を歩きまはり、野兎や狐などとりました。熊にでも出逢つたらと、お母さまのお手紙にはございましたけれど、夫はむしろそれを待つてゐるやうす、男の人は強いものでございます。十年ほどまへ、まだこの開墾地に入つて間もないころ、一年に三頭も撃つたことがございますさうで、いちど熊の肉を食べさせてやりたいなど、私が怖がりますので面白がつて浩造さまとからかふのでございます。一度、これが熊の足跡だと教へられましたが、もううつすりと雪がかくしかけた古いもので、ちようど夫の掌の形ぐらゐ、大して大きい熊ではないともうしてをりました。私にもこのごろはやつと兎と狐の足跡のみ分けがつくやうになりました。面白いのでございますよ、狐はちやんとしつぽのあとを、すいすいと雪の上に残してをりますの。

春になると、すぐ畑仕事にかゝるやう今のうちから体をきたへておかなければいけないともうし、毎日かゝさず二里三里の雪道を歩かせられました。私も夫のいふことよく分りますので、いつしようけんめいです。町場からきたものは、やはりものゝ役にはたゝぬともうされては、恥かしいことでございますもの。それにこれからこの農場の主婦の役をいたしますのには、どのやうな畑のすみずみ、作物のこと、馬のこと、なんでも知つておかねばならず、第一鍬の持ちかたからして知らない私は、よほど本気にならねば一人前の百姓にはなれぬと、せいぜい今のうちから心がけてをります。それにおまきさまのお産もまぢかになり、赤さんが出来ましたらなにもかも、この家のこと、今度は私が代つてさしづいたすやうもうされてをりますので、そのこともものみこまなければなりません。こゝは小田原での暮しのやうに、ちまぢまと小ぎれいにといふわけにはまいりません。三升だきの鉄のお釜は、なれぬうちはなかなか持ちあがりませんでした。小田原の家の一升五合だきの銅のお釜をいつもきれいに磨きたてゝおいたこと思ひ出します。それから、十四の春でしたかあの銅の釜を三和土《たたき》の上におとして、へこましてしまひ、泣きながら火吹竹でたゝいてなほしてゐるところお兄さまにみつかつて笑はれたことなど思ひ出します。こゝのお釜なら、落したくらゐではびくともいたすものではございません。あのころはまだ私、矢倉沢から帰つてまいりましたばかりでお母さまのお気持分らず、ほんとにまゝ子根性といふのだつたのでございますね。

浩造さまご夫婦は春早々に、こゝよりはもつと北の十勝ともうすところの、只今貸下申請中の開墾地にお入りになるのださうで、辛抱してやつと住みよくしたとおもふと、また新しい開墾地に入らなければならないなんて、ひどく馬鹿げたことだと、おまきさまは冗談のやうにおつしやいましたけれど、ほんとにさうにちがひなく、私が追ひだすやうで済まない気がいたします。浩造さまも夫の手伝ひして十年も開墾のお仕事なすつたのですもの、このまゝ、この百町歩の農場の半分なり三分の一なりお分けしてあげられたらと思ふのですけれど、夫には夫の考へがあるらしく、浩造はまだ若いのだし、開墾の仕事には馴れてゐるのだから、もうひと働きしてお国のために土地を開かなければならん。北海道はまだまだ奥がひろいのだ。そして、今度は立派に独力でやつてみなければ、ほんとの北海道開拓者にはなれないのだ。と笑つてとりあげません。たゞ私ひとり済まないやうな気持でございます。

お母さまのお手紙にございました箪笥はまだ買ひません。春にでもなつて札幌に行つたときにともうし、それまで私の名儀で銀行にあづけてくれました。この開墾小屋に、新しい桐の箪笥なぞふさはしくないやうな気がいたし、もつと暮しがとゝのつてからでもいゝやうにおもはれますけれど、おほせのとほり買ふとき買つておかないと、せつかくのお母さまのご丹誠が知れなくなつてもうしわけないことですから、そのうち折をみて必ずとゝのへます。

二月はいちばん寒い時ださうですけれど、そんなに辛くもなく、もうあと一月もすればそろそろ雪どけになりますさうで、どんな土がこの雪の下にかくされてゐるのかと、楽しいことでございます。

自分の勝手なことばかり書きましたが、お母さまのお体いかゞでいらつしやいませう。このあひだからもうし上げようと存じて書き忘れましたが、掘抜きの井戸端が苔で大分滑りますから、どうぞお気をつけなすつて下さいませ。

春江がよく働いてくれるとよいと念じてをります。あのひとも、今度は私がゐないのですからほん気になつてお母さまのお手伝ひ出来るだらうとはおもひますが。

では、坪井の叔母さまによろしく。

二月二十五日

ちよ

お母様

土がでてまいりましたのですよ、お母さま。北海道の土は黒くて、やはらかで、生きてゐるみたいなのでございますよ。裏の原始林の大きな楡《にれ》の木のまはりから第一ばんに雪が消えはじめました。さういたしますと、すぐその下から去年の落葉におほはれ、しつとりと水気を含んだ土があらはれ、その土にはもう春の若草の芽が、生き生きと頭を出してゐるではございませんか。無邪気に、しかも大胆に生きてゐることを主張してゐるみたいで笑ひだしたくなるやうなのでございます。

おまきさまの赤ちゃん——千鶴ちゃん——によいお祝ひ着ありがたう存じました。それはそれはよろこんでゐました。私も肩身のひろいおもひで、お母さまのお心づくし身にしみてありがたく思ひました。

それから、私からとして坪井の叔母さまにいたゞいてあつた友禅でおちやんちやんを縫つてさしあげましたのは、いろいろおまきさまにお世話になつてをりますためで決して決して実家からいたゞいた分が足りなかつたといふわけではないのでございます。ご相談もうしあげますにも日がかゝりますので勝手にさしあげてしまつて、お気をお悪くあそばしたのでしたら、どうぞおゆるし下さいませ。

浩造さま方の貸下地のこと、あまりはかばかしくゆかぬらしく、いろいろと厄介なことになつてをります。もつとも、あまり地味のよくないところで、浩造さまも、せめてこの土地ぐらゐの土質なら、いくら北でも開墾し甲斐があるのだが、とてもゆくゆく水田にはなりそうもないので――とあまり気乗りなさらぬごやうすなのでございます。おまきさまもやはり、こゝからお離れになりたくないらしく、赤ちやんがお出来になつたばかりなのに、新しい未開地にお入りなされるのはお苦しいに違ひないことで、出来れば私が代りたいくらいでございます。千鶴ちやんは浩造さまによく似たまる顔の丈夫さうな赤ちやんで、もう小浪におんぶされにこにこ笑ひ、家中の人気をひとりでさらつてしまひました。

けふはこれから農場の南のはづれの雲雀《ひばり》耕地にプラオを入れるのだともうしてをりますので私もいつしよに出かけます。この雲雀耕地といふのは夫がつけた名なのださうでございます。この村の志文ともうすのも夫が名づけ親とのこと、あなたは土に志しなすつたのに――ともうしましたら、いや俺達の子供に、ひとりぐらゐは文に志すものができるかもしれないと笑ひました。でもあのひとも和歌を作りますのでございますよ。それが性質そのまゝにかたよつてちよつと漢詩みたいなのでございますの、こんどご披露いたしませうね。ではけふはこれだけ、おからだくれぐれもご大切にあそばして下さいませ。

四月十八日　　　　　　　　　　　　　　　　　　　　　　　ちよ

母上さま

たいそう忙しい毎日なのでゆつくりお手紙さしあげるひまもなく、気にかゝりながらごぶさたしました。お兄さまお具合お悪い由、こまりました。せつかくの学業も中途でお止しにならねばならぬこと、私も残念でたまりません。でも、こゝ一二年のご静養でよくおなりあそばせば、今度こそ思ひきつて、支那にでも南洋にでもいらつしやるのですから、いまのうちあせらずすつかりおなほしになつていたゞきたうございます。

もうあと一年といふところで、ほんとに惜しうはございますが、もう相当に支那についてのご勉強もおできになつていらつしやるのですもの、あとはなによりお体が大切、丈夫な体でなければ、なにひとつ初心を貫くこと出来ぬものと、しみじみこの頃は考へてをります。私もおかげさまで丈夫なのがなによりのとり得。小柄で弱々しげに見えるくせに、案外働けると、夫はじめ皆さまに驚かれてをります。なれぬ百姓仕事は、初めの半月ほどこそ、くたくたになりこんなことでつゞくかしらと、吾《われ》ながらあやぶみ、かなしくなりましたけれど、唇をかみしめてこらへてをりますうち、体も馴れ、ようりようも覚え、この頃ではさほど苦しいとも思はず、いまではどうやら二頭曳《にとうびき》のプラオのハンドルを持てるところまでこぎつけました。ほんとにはじめのうちは、夜になると、からだぢうすきまもなしに骨までたゝかれたやうで、とても明日の朝は起きあがれまいとあやぶみました。もちろん朝になつてはいつそう苦しいのでしたけれど、モンペをはき、きやはんをつけると気が張り、またどうやらその日一日がつゞけられるのでございました。

このやうな生活に耐えられたのも、常日頃のお母さまのお心遣ひのおかげと、しみじみありがたく思つてをります。

ことに五つのときから十三の春まで、矢倉沢の山に里子に出しておいて下すつたおかげで丈夫になれたのでございます。ちよはかあいさうに、お父さまが亡くなるとすぐ里子に出されて、やつぱりなさぬ仲だから――なぞと、口さがないひとびとの言葉を真にうけて、お母さまをお恨みした日もありましたこと、いまさらもうしわけなく存じます。

胸を患らつて亡くなつた生母の体質をそのまゝ受けた私を、どうかして丈夫に育てあげたいとのご苦労も知らず、生れた家でわがまゝいつぱいの春江を羨《うらや》み、家に帰つてからさへとき折りは、すねておみせしたり、ほんとに悪い私でございました。

今度の結婚のことも、なにもえりにえつて流刑のひとの行く北海道くんだりまで追ひやらなくとも――などゝ、意地悪くそんな意味のことといふひともありましたのに、亡くなつたお父さまは以前から拓殖の志のあつた方だ、箱根の仙石原を開墾して楮の木を植ゑ初めなすつたり、鴨の宮の池を埋めて造田の計画をおたてなすつたりなすつた方だ。お父さまはおまへが北海道の開拓者の妻になれば、ご自分の志をつぐものとおよろこびなされるであらう。と、反対を押しきつてきつぱり今度のはなしをきめて下さつたお心も、今にしてはつきりうなづけるのでございます。

こゝの春はむせるやうな生々したものでございます。お母さまにこの落葉松の緑玉を粉にしてふりかけたとしかみえぬ新芽をお目にかけたうございます。裏の原始林には夜の白々あけから、くろつぐみや山鳩がなき、見渡すかぎり山ぎはまで続く農場の耕地には作物がまかれました。とりいれの日の素晴しさを想ふだけでも胸がいつぱいになります。この広い耕地を十年十五年の後にはすつかり水田にする積りだと夫はもうしてをります。夫はまだまだ開墾して畑になつたゞけでは満足してゐないやうすです。只今はこちらでは水稲は殆ど作つてをりませんが、いまに風土に合つた稲の品種改良がされゝば、きつと、内地のやうな水田にして、北海道で使ふお米は北海道でまかなへるやうにしなければならないのだなどゝ、夢のみたいなことを考へてをります。ほんとにお父さまが丈夫だつたらどんなにかお気が合ひ、よいお話し相手であらうと思ひます。

なにかくどくどゞ書いて大切なこと忘れるところでございました。どうぞお叱りにならないでおきゝ下さいまし。それは、あの箪笥を買ふために下さいました百五十円のお金、実は浩造さまの土地のことで、どうしてもお金が足りず夫も心配してをりましたので、さし上げることにいたしました。

　十勝の方の土地がなかなか道庁からの貸下げ許可がおりませんで、困つてをりますやさきに、雨龍と申しますところの本願寺所有の未開地が開放され、安く売りにでたのでございます。夫は、おまへの金は必ず返しお母さまのご丹誠の箪笥を買つてやるといひますが、私といたしましては、お母さまさへお許し下さいますのなら、箪笥なぞほしくはございません。私のせめてもの心づくしに、浩造さま方が十勝よりもずつと暖かで地味もよいといふ今度の開墾地を手に入れなされ、他日成功なさりさへすれば本望でございます。ものごとのほんとの意味、ほんとのよいことをお分りになるお母さまには、きつとよろこんでいたゞけるとおもひますので、私、かくさずおしらせいたすことにいたしました。ちよはもう他人の家のもの、それで勝手なことをいたしたとお腹立ちのございませぬやう、大変急なおはなしでしたのでお母さまにお問合せのひまもなく、このやうな大それたこと、ひとりぎめいたし、なにか心さわぎますけれど、どうぞお許しあそばして下さいませ。お母さまからいたゞいたお金でちよが日本の国土をひらくお手伝ひいたしたとおぼしめして、どうぞお叱りにならないで下さいまし。

　浩造さまも、おまきさまも、大そう感謝され、それはそれはご満足なご様子で、二三日うちに雨龍の開墾地にお入りになります。小浪がごいつしよに行くことにきまりました。おまきさまに、なにやかとお頼りもうしてゐましたので心細くなりますし、千鶴ちやんも可愛くなつてまいりましたのに急に淋しくなることでございませう。

内地はもう青葉でございませうね。いまごろ、お庭のさつきがさかりのころ、あの赤い色や、庭石のたゝずまひ、かうしてゐても目にみえるやうです。北海道はこぶしの花が満開でございます。こちらでは、こぶしのことを四季桜と呼んでをります。桜は五月なかばを過ぎなければ咲かないさうでございます。そのかはり、梅も桃もりんごの花もみんないつしよに咲くのださうでそのみごとさがおもひやられます。

梅雨になりますと、またお体のお具合お悪くなられはしまいかと案じられます。どうぞおいとひ遊して下さいませ。お兄さまくれぐれもお大切に。

この手紙のご返事切にお待ち申してをります。

五月二日　　ちよ

母上さま

小さき者へ　有島武郎

お前たちが大きくなって、一人前の人間に育ち上った時、――その時までお前たちのパパは生きているかいないか、それは分らない事だが――父の書き残したものを繰拡《くりひろ》げて見る機会があるだろうと思う。その時この小さな書き物もお前たちの眼の前に現われ出るだろう。時はどんどん移って行く。お前たちの父なる私がその時お前たちにどう映《うつ》るか、それは想像も出来ない事だ。恐らく私が今ここで、過ぎ去ろうとする時代を嗤《わら》い憐《あわ》れんでいるように、お前たちも私の古臭い心持を嗤い憐れむのかも知れない。私はお前たちの為《た》めにそうあらんことを祈っている。お前たちは遠慮なく私を踏台にして、高い遠い所に私を乗り越えて進まなければ間違っているのだ。然しながらお前たちをどんなに深く愛したものがこの世にいるか、或はいたかという事実は、永久にお前たちに必要なものだと私は思うのだ。お前たちがこの書き物を読んで、私の思想の未熟で頑固《がんこ》なのを嗤《わら》う間にも、私たちの愛はお前たちを暖め、慰め、励まし、人生の可能性をお前たちの心に味覚させずにおかないと私は思っている。だからこの書き物を私はお前たちにあてて書く。

お前たちは去年一人の、たった一人のママを永久に失ってしまった。お前たちは生れると間もなく、生命に一番大事な養分を奪われてしまったのだ。お前達の人生はそこで既に暗い。この間ある雑誌社が「私の母」という小さな感想をかけといって来た時、私は何んの気もなく、「自分の幸福は母が始めから一人で今も生きている事だ」と書いてのけた。そして私の万年筆がそれを書き終えるか終えないに、私はすぐお前たちの事を思った。私の心は悪事でも働いたように痛かった。しかも事実は事実だ。私はその点で幸福だった。お前たちは不幸だ。恢復《かいふく》の途《みち》なく不幸だ。不幸なものたちよ。

暁方《あけがた》の三時からゆるい陣痛が起り出して不安が家中に拡《ひろ》がったのは今から思うと七年前の事だ。それは吹雪《ふぶき》も吹雪、北海道ですら、滅多《めった》にはないひどい吹雪の日だった。市街を離れた川沿いの一つ家はけし飛ぶ程揺れ動いて、窓硝子《ガラス》に吹きつけられた粉雪は、さらぬだに綿雲に閉じられた陽光を二重に遮《さえぎ》って、夜の暗さがいつまでも部屋から退《ど》かなかった。電燈の消えた薄暗い中で、白いものに包まれたお前たちの母上は、夢心地に呻《うめ》き苦しんだ。私は一人の学生と一人の女中とに手伝われながら、火を起したり、湯を沸かしたり、使を走らせたりした。産婆が雪で真白になってころげこんで来た時は、家中のものが思わずほっと気息《いき》をついて安堵《あんど》したが、昼になっても昼過ぎになっても出産の模様が見えないで、産婆や看護婦の顔に、私だけに見える気遣《きづか》いの色が見え出すと、私は全く慌《あわ》ててしまっていた。書斎に閉じ籠《こも》って結果を待っていられなくなった。私は産室に降りていって、産婦の両手をしっかり握る役目をした。陣痛が起る度毎《たびごと》に産婆は叱るように産婦を励まして、一分も早く産を終らせようとした。然し暫《しばら》くの苦痛の後に、産婦はすぐ又深い眠りに落ちてしまった。鼾《いびき》さえかいて安々と何事も忘れたように見えた。産婆も、後から駈けつけてくれた医者も、顔を見合わして吐息をつくばかりだった。医師は昏睡《こんすい》が来る度毎に何か非常の手段を用いようかと案じているらしかった。

昼過ぎになると戸外の吹雪は段々鎮《しず》まっていって、濃い雪雲から漏れる薄日の光が、窓にたまった雪に来てそっと戯《たわむ》れるまでになった。然し産室の中の人々にはますます重い不安の雲が蔽《おお》い被《かぶ》さった。医師は医師で、産婆は産婆で、私は私で、銘々《めいめい》の不安に捕われてしまった。その中で何等の危害をも感ぜぬらしく見えるのは、一番恐ろしい運命の淵《ふち》に臨んでいる産婦と胎児だけだった。二つの生命は昏々《こんこん》として死の方へ眠って行った。

丁度三時と思わしい時に――産気がついてから十二時間目に――夕を催す光の中で、最後と思わしい激しい陣痛が起った。肉の眼で恐ろしい夢でも見るように、産婦はかっと瞼《まぶた》を開いて、あてどもなく一所《ひとところ》を睨《にら》みながら、苦しげというより、恐ろしげに顔をゆがめた。そして私の上体を自分の胸の上にたくし込んで、背中を羽がいに抱きすくめた。若し私が産婦と同じ程度にいきんでいなかったら、産婦の腕は私の胸を押しつぶすだろうと思う程だった。そこにいる人々の心は思わず総立ちになった。医師と産婆は場所を忘れたように大きな声で産婦を励ました。

ふと産婦の握力がゆるんだのを感じて私は顔を挙《あ》げて見た。産婆の膝許《ひざもと》には血の気のない嬰児《えいじ》が仰向けに横たえられていた。産婆は毬《まり》でもつくようにその胸をはげしく敲《たた》きながら、葡萄酒《ぶどうしゅ》葡萄酒といっていた。看護婦がそれを持って来た。産婆は顔と言葉とでその酒を盥《たらい》の中にあけろと命じた。激しい芳芬《ほうふん》と同時に盥の湯は血のような色に変った。嬰児はその中に浸された。暫くしてかすかな産声《うぶごえ》が気息もつけない緊張の沈黙を破って細く響いた。

大きな天と地との間に一人の母と一人の子とがその刹那《せつな》に忽如《こつじょ》として現われ出たのだ。

その時新たな母は私を見て弱々しくほほえんだ。私はそれを見ると何んという事なしに涙が眼がしらに滲《にじ》み出て来た。それを私はお前たちに何んといっていい現わすべきかを知らない。私の生命全体が涙を私の眼から搾《しぼ》り出したとでもいえばいいのか知らん。その時から生活の諸相が総《すべ》て眼の前で変ってしまった。

お前たちの中《うち》最初にこの世の光を見たものは、このようにして世の光を見た。二番目も三番目も、生れように難易の差こそあれ、父と母とに与えた不思議な印象に変りはない。

こうして若い夫婦はつぎつぎにお前たち三人の親となった。

私はその頃心の中に色々な問題をあり余る程《ほど》持っていた。そして始終齷齪《あくせく》しながら何一つ自分を「満足」に近づけるような仕事をしていなかった。何事も独りで噛《か》みしめてみる私の性質として、表面《うわべ》には十人並みな生活を生活していながら、私の心はややともすると突き上げて来る不安にいらいらさせられた。ある時は結婚を悔いた。ある時はお前たちの誕生を悪《にく》んだ。何故自分の生活の旗色をもっと鮮明にしない中に結婚なぞをしたか。妻のある為めに後ろに引きずって行かれねばならぬ重みの幾つかを、何故好んで腰につけたのか。何故二人の肉慾の結果を天からの賜物《たまもの》のように思わねばならぬのか。家庭の建立《こんりゅう》に費す労力と精力とを自分は他に用うべきではなかったのか。

私は自分の心の乱れからお前たちの母上を屡々《しばしば》泣かせたり淋しがらせたりした。またお前たちを没義道《もぎどう》に取りあつかった。お前達が少し執念《しゅうね》く泣いたりいがんだりする声を聞くと、私は何か残虐な事をしないではいられなかった。原稿紙にでも向っていた時に、お前たちの母上が、小さな家事上の相談を持って来たり、お前たちが泣き騒いだりしたりすると、私は思わず机をたたいて立上ったりした。そして後ではたまらない淋しさに襲われるのを知りぬいていながら、激しい言葉を遣《つか》ったり、厳しい折檻《せっかん》をお前たちに加えたりした。

然し運命が私の我儘《わがまま》と無理解とを罰する時が来た。どうしてもお前達を子守《こもり》に任せておけないで、毎晩お前たち三人を自分の枕許や、左右に臥《ふせ》らして、夜通し一人を寝かしつけたり、一人に牛乳を温めてあてがったり、一人に小用をさせたりして、碌々《ろくろく》熟睡する暇もなく愛の限りを尽したお前たちの母上が、四十一度という恐ろしい熱を出してどっと床についた時の驚きもさる事ではあるが、診察に来てくれた二人の医師が口を揃《そろ》えて、結核の徴候があるといった時には、私は唯《ただ》訳もなく青くなってしまった。検痰《けんたん》の結果は医師たちの鑑定を裏書きしてしまった。そして四つと三つと二つとになるお前たちを残して、十月末の淋しい秋の日に、母上は入院せねばならぬ体となってしまった。

私は日中の仕事を終ると飛んで家に帰った。そしてお前達の一人か二人を連れて病院に急いだ。私がその町に住まい始めた頃働いていた克明な門徒の婆さんが病室の世話をしていた。その婆さんはお前たちの姿を見ると隠し隠し涙を拭いた。お前たちは母上を寝台の上に見つけると飛んでいってかじり付こうとした。結核症であるのをまだあかされていないお前たちの母上は、宝を抱きかかえるようにお前たちをその胸に集めようとした。私はいい加減にあしらってお前たちを寝台に近づけないようにしなければならなかった。忠義をしようとしながら、周囲の人から極端な誤解を受けて、それを弁解してならない事情に置かれた人の味《あじわ》いそうな心持を幾度も味った。それでも私はもう怒る勇気はなかった。引きはなすようにしてお前たちを母上から遠ざけて帰路につく時には、大抵街燈の光が淡く道路を照していた。玄関を這入《はい》ると雇人《やといにん》だけが留守していた。彼等は二三人もいる癖に、残しておいた赤坊のおしめを代えようともしなかった。気持ち悪げに泣き叫ぶ赤坊の股《また》の下はよくぐしょ濡《ぬ》れになっていた。

お前たちは不思議に他人になつかない子供たちだった。ようようお前たちを寝かしつけてから私はそっと書斎に這入って調べ物をした。体は疲れて頭は興奮していた。仕事をすまして寝付こうとする十一時前後になると、神経の過敏になったお前たちは、夢などを見ておびえながら眼をさますのだった。暁方になるとお前たちの一人は乳を求めて泣き出した。それにおこされると私の眼はもう朝まで閉じなかった。朝飯を食うと私は赤い眼をしながら、堅い心《しん》のようなものの出来た頭を抱えて仕事をする所に出懸けた。

北国には冬が見る見る逼《せま》って来た。ある時病院を訪れると、お前たちの母上は寝台の上に起きかえって窓の外を眺めていたが、私の顔を見ると、早く退院がしたいといい出した。窓の外の楓《かえで》があんなになったのを見ると心細いというのだ。なるほど入院したてには燃えるように枝を飾っていたその葉が一枚も残らず散りつくして、花壇の菊も霜に傷《いた》められて、萎《しお》れる時でもないのに萎れていた。私はこの寂しさを毎日見せておくだけでもいけないと思った。然し母上の本当の心持はそんな所にはなくって、お前たちから一刻も離れてはいられなくなっていたのだ。

今日はいよいよ退院するという日は、霰《あられ》の降る、寒い風のびゅうびゅうと吹く悪い日だったから、私は思い止らせようとして、仕事をすますとすぐ病院に行ってみた。然し病室はからっぽで、例の婆さんが、貰ったものやら、座蒲団やら、茶器やらを部屋の隅でごそごそと始末していた。急いで家に帰ってみると、お前たちはもう母上のまわりに集まって嬉しそうに騒いでいた。私はそれを見ると涙がこぼれた。

知らない間に私たちは離れられないものになってしまっていたのだ。五人の親子はどんどん押寄せて来る寒さの前に、小さく固まって身を護《まも》ろうとする雑草の株のように、互により添って暖みを分ち合おうとしていたのだ。然し北国の寒さは私たち五人の暖みでは間に合わない程寒かった。私は一人の病人と頑是《がんぜ》ないお前たちとを労《いた》わりながら旅雁《りょがん》のように南を指して遁《のが》れなければならなくなった。

それは初雪のどんどん降りしきる夜の事だった、お前たち三人を生んで育ててくれた土地を後《あと》にして旅に上ったのは。忘れる事の出来ないいくつかの顔は、暗い停車場のプラットフォームから私たちに名残《なご》りを惜しんだ。陰鬱な津軽海峡の海の色も後ろになった。東京まで付いて来てくれた一人の学生は、お前たちの中の一番小さい者を、母のように終夜抱き通していてくれた。そんな事を書けば限りがない。ともかく私たちは幸《さいわい》に怪我もなく、二日の物憂い旅の後に晩秋の東京に着いた。

今までいた処とちがって、東京には沢山の親類や兄弟がいて、私たちの為めに深い同情を寄せてくれた。それは私にどれ程の力だったろう。お前たちの母上は程なくK海岸にささやかな貸別荘を借りて住む事になり、私たちは近所の旅館に宿を取って、そこから見舞いに通った。一時は病勢が非常に衰えたように見えた。お前たちと母上と私とは海岸の砂丘に行って日向《ひなた》ぼっこをして楽しく二三時間を過ごすまでになった。

どういう積りで運命がそんな小康を私たちに与えたのかそれは分らない。然し彼はどんな事があっても仕遂《しと》ぐべき事を仕遂げずにはおかなかった。その年が暮れに迫った頃お前達の母上は仮初《かりそめ》の風邪《かぜ》からぐんぐん悪い方へ向いて行った。そしてお前たちの中の一人も突然原因の解らない高熱に侵された。その病気の事を私は母上に知らせるのに忍びなかった。病児は病児で私を暫くも手放そうとはしなかった。お前達の母上からは私の無沙汰を責めて来た。私は遂《つい》に倒れた。病児と枕を並べて、今まで経験した事のない高熱の為めに呻《うめ》き苦しまねばならなかった。私の仕事？　私の仕事は私から千里も遠くに離れてしまった。それでも私はもう私を悔もうとはしなかった。お前たちの為めに最後まで戦おうとする熱意が病熱よりも高く私の胸の中で燃えているのみだった。

正月早々悲劇の絶頂が到来した。お前たちの母上は自分の病気の真相を明《あ》かされねばならぬ羽目になった。そのむずかしい役目を勤めてくれた医師が帰って後の、お前たちの母上の顔を見た私の記憶は一生涯私を駆り立てるだろう。真蒼《まっさお》な清々《すがすが》しい顔をして枕についたまま母上には冷たい覚悟を微笑に云わして静かに私を見た。そこには死に対するResignationと共にお前たちに対する根強い執着がまざまざと刻まれていた。それは物凄《すご》くさえあった。私は凄惨《せいさん》な感じに打たれて思わず眼を伏せてしまった。

愈々《いよいよ》H海岸の病院に入院する日が来た。お前たちの母上は全快しない限りは死ぬともお前たちに逢わない覚悟の臍《ほぞ》を堅めていた。二度とは着ないと思われる——そして実際着なかった——晴着《はれぎ》を着て座を立った母上は内外の母親の眼の前でさめざめと泣き崩れた。女ながらに気性の勝《すぐ》れて強いお前たちの母上は、私と二人だけいる場合でも泣顔などは見せた事がないといってもいい位だったのに、その時の涙は拭くあとからあとから流れ落ちた。その熱い涙はお前たちだけの尊い所有物だ。それは今は乾いてしまった。大空をわたる雲の一片となっているか、谷河の水の一滴となっているか、太洋《たいよう》の泡《あわ》の一つとなっているか、又は思いがけない人の涙堂に貯《たくわ》えられているか、それは知らない。然しその熱い涙はともかくもお前たちだけの尊い所有物なのだ。

自動車のいる所に来ると、お前たちの中熱病の予後にある一人は、足の立たない為めに下女に背負われて、——一人はよちよちと歩いて、——一番末の子は母上を苦しめ過ぎるだろうという祖父母たちの心遣《づか》いから連れて来られなかった——母上を見送りに出て来ていた。お前たちの頑是ない驚きの眼は、大きな自動車にばかり向けられていた。お前たちの母上は淋しくそれを見やっていた。自動車が動き出すとお前達は女中に勧められて兵隊のように挙手の礼をした。母上は笑って軽く頭を下げていた。お前たちは母上がその瞬間から永久にお前たちを離れてしまうとは思わなかったろう。不幸なものたちよ。

それからお前たちの母上が最後の気息を引きとるまでの一年と七箇月の間、私たちの間には烈しい戦が闘われた。母上は死に対して最上の態度を取る為めに、お前たちに最大の愛を遺《のこ》すために、私を加減なしに理解する為めに、私は母上を病魔から救う為めに、自分に迫る運命を男らしく肩に担《にな》い上げるために、お前たちは不思議な運命から自分を解放するために、身にふさわない境遇の中に自分をはめ込むために、闘った。血まぶれになって闘ったといっていい。私も母上もお前たちも幾度弾丸を受け、刀創《きず》を受け、倒れ、起き上り、又倒れたろう。

お前たちが六つと五つと四つになった年の八月の二日に死が殺到した。死が総《すべ》てを圧倒した。そして死が総てを救った。

お前たちの母上の遺言書の中で一番崇高な部分はお前たちに与えられた一節だった。若《も》しこの書き物を読む時があったら、同時に母上の遺書も読んでみるがいい。母上は血の涙を泣きながら、死んでもお前たちに会わない決心を翻《ひるがえ》さなかった。それは病菌をお前たちに伝えるのを恐れたばかりではない。又お前たちを見る事によって自分の心の破れるのを恐れたばかりではない。お前たちの清い心に残酷な死の姿を見せて、お前たちの一生をいやが上に暗くする事を恐れ、お前たちの伸びて行かなければならぬ霊魂に少しでも大きな傷を残す事を恐れたのだ。幼児に死を知らせる事は無益であるばかりでなく有害だ。葬式の時は女中をお前たちにつけて楽しく一日を過ごさして貰いたい。そうお前たちの母上は書いている。

「子を思う親の心は日の光世より世を照る大きさに似て」

とも詠じている。

母上が亡くなった時、お前たちは丁度信州の山の上にいた。若しお前たちの母上の臨終にあわせなかったら一生恨みに思うだろうとさえ書いてよこしてくれたお前たちの叔父上に強《し》いて頼んで、お前たちを山から帰らせなかった私をお前たちが残酷だと思う時があるかも知れない。今十一時半だ。この書き物を草している部屋の隣りにお前たちは枕を列《なら》べて寝ているのだ。お前たちはまだ小さい。お前たちが私の齢《とし》になったら私のした事を、即《すなわ》ち母上のさせようとした事を価高く見る時が来るだろう。

私はこの間にどんな道を通って来たろう。お前たちの母上の死によって、私は自分の生きて行くべき大道にさまよい出た。私は自分を愛護してその道を踏み迷わずに通って行けばいいのを知るようになった。私は嘗《かつ》て一つの創作の中に妻を犠牲にする決心をした一人の男の事を書いた。事実に於てお前たちの母上は私の為めに犠牲になってくれた。私のように持ち合わした力の使いようを知らなかった人間はない。私の周囲のものは私を一個の小心な、魯鈍《ろどん》な、仕事の出来ない、憐れむべき男と見る外を知らなかった。私の小心と魯鈍と無能力とを徹底さして見ようとしてくれるものはなかった。それをお前たちの母上は成就《じょうじゅ》してくれた。私は自分の弱さに力を感じ始めた。私は仕事の出来ない所に仕事を見出《いだ》した。大胆になれない所に大胆を見出した。鋭敏でない所に鋭敏を見出した。言葉を換えていえば、私は鋭敏に自分の魯鈍を見貫《ぬ》き、大胆に自分の小心を認め、労役して自分の無能力を体験した。私はこの力を以《もっ》て己れを鞭《むち》ち他を生きる事が出来るように思う。お前たちが私の過去を眺めてみるような事があったら、私も無駄には生きなかったのを知って喜んでくれるだろう。

雨などが降りくらして悒鬱《ゆううつ》な気分が家の中に漲《みなぎ》る日などに、どうかするとお前たちの一人が黙って私の書斎に這入《はい》って来る。そして一言パパといったぎりで、私の膝《ひざ》によりかかったまましくしくと泣き出してしまう。ああ何がお前たちの頑是ない眼に涙を要求するのだ。不幸なものたちよ。お前たちが謂《いわ》れもない悲しみにくずれるのを見るに増して、この世を淋しく思わせるものはない。またお前たちが元気よく私に朝の挨拶《あいさつ》をしてから、母上の写真の前に駈けて行って、「ママちゃん御機嫌《ごきげん》よう」と快活に叫ぶ瞬間ほど、私の心の底までぐざと刳《えぐ》り通す瞬間はない。私はその時、ぎょっとして無劫《むごう》の世界を眼前に見る。

世の中の人は私の述懐を馬鹿々々しいと思うに違いない。何故なら妻の死とはそこにもここにも倦《あ》きはてる程夥《おびただ》しくある事柄の一つに過ぎないからだ。そんな事を重大視する程世の中の人は閑散でない。それは確かにそうだ。然しそれにもかかわらず、私といわず、お前たちも行く行くは母上の死を何物にも代えがたく悲しく口惜しいものに思う時が来るのだ。世の中の人が無頓着だといってそれを恥じてはならない。それは恥ずべきことじゃない。私たちはそのありがちの事柄の中からも人生の淋しさに深くぶつかってみることが出来る。小さなことが小さなことでない。大きなことが大きなことでない。それは心一つだ。

何しろお前たちは見るに痛ましい人生の芽生《めば》えだ。泣くにつけ、笑うにつけ、面白がるにつけ淋しがるにつけ、お前たちを見守る父の心は痛ましく傷つく。

然しこの悲しみがお前たちと私とにどれ程の強みであるかをお前たちはまだ知るまい。私たちはこの損失のお蔭で生活に一段と深入りしたのだ。私共の根はいくらかでも大地に延びたのだ。人生を生きる以上人生に深入りしないものは災《わざわ》いである。

同時に私たちは自分の悲しみにばかり浸っていてはならない。お前たちの母上は亡くなるまで、金銭の累《わずら》いからは自由だった。飲みたい薬は何んでも飲む事が出来た。食いたい食物は何んでも食う事が出来た。私たちは偶然な社会組織の結果からこんな特権ならざる特権を享楽した。お前たちの或るものはかすかながらU氏一家の模様を覚えているだろう。死んだ細君から結核を伝えられた

U氏があの理智的な性情を有《も》ちながら、天理教を信じて、その御祈祷《きとう》で病気を癒《いや》そうとしたその心持を考えると、私はたまらなくなる。薬がきくものか祈祷がきくものかそれは知らない。然しU氏は医者の薬が飲みたかったのだ。然しそれが出来なかったのだ。U氏は毎日下血しながら役所に通った。ハンケチを巻き通した喉《のど》からは皺嗄《しわが》れた声しか出なかった。働けば病気が重《おも》る事は知れきっていた。それを知りながらU氏は御祈祷を頼みにして、老母と二人の子供との生活を続けるために、勇ましく飽《あ》くまで働いた。そして病気が重ってから、なけなしの金を出してして貰った古賀液の注射は、田舎の医師の不注意から静脈を外《はず》れて、激烈な熱を引起した。そしてU氏は無資産の老母と幼児とを後に残してその為めに斃《たお》れてしまった。その人たちは私たちの隣りに住んでいたのだ。何んという運命の皮肉だ。お前たちは母上の死を思い出すと共に、U氏を思い出すことを忘れてはならない。そしてこの恐ろしい溝《みぞ》を埋める工夫をしなければならない。お前たちの母上の死はお前たちの愛をそこまで拡げさすに十分だと思うから私はいうのだ。

十分人世は淋しい。私たちは唯そういって澄ましている事が出来るだろうか。お前達と私とは、血を味った獣のように、愛を味った。行こう、そして出来るだけ私たちの周囲を淋しさから救うために働こう。私はお前たちを愛した。そして永遠に愛する。それはお前たちから親としての報酬を受けるためにいうのではない。お前たちを愛する事を教えてくれたお前たちに私の要求するものは、ただ私の感謝を受取って貰いたいという事だけだ。お前たちが一人前に育ち上った時、私は死んでいるかも知れない。一生懸命に働いていているかも知れない。老衰して物の役に立たないようになっているかも知れない。然し何《いず》れの場合にしろ、お前たちの助けなければならないものは私ではない。お前たちの若々しい力は既に下り坂に向おうとする私などに煩《わずら》わされていてはならない。斃《たお》れた親を喰《く》い尽して力を貯える獅子《しし》の子のように、力強く勇ましく私を振り捨てて人生に乗り出して行くがいい。

今時計は夜中を過ぎて一時十五分を指している。しんと静まった夜の沈黙の中にお前たちの平和な寝息だけが幽《かす》かにこの部屋に聞こえて来る。私の眼の前にはお前たちの叔母が母上にとて贈られた薔薇《ばら》の花が写真の前に置かれている。それにつけて思い出すのは私があの写真を撮《と》ってやった時だ。その時お前たちの中に一番年たけたものが母上の胎に宿っていた。母上は自分でも分らない不思議な望みと恐れとで始終心をなやましていた。その頃の母上は殊に美しかった。希臘《ギリシャ》の母の真似《まね》だといって、部屋の中にいい肖像を飾っていた。その中にはミネルバの像や、ゲーテや、クロムウェルや、ナイティンゲール女史やの肖像があった。その少女じみた野心をその時の私は軽い皮肉の心で観ていたが、今から思うとただ笑い捨ててしまうことはどうしても出来ない。私がお前たちの母上の写真を撮ってやろうといったら、思う存分化粧をして一番の晴着を着て、私の二階の書斎に這入って来た。私は寧《むし》ろ驚いてその姿を眺めた。母上は淋しく笑って私にいった。産は女の出陣だ。いい子を生むか死ぬか、そのどっちかだ。だから死際《しにぎわ》の装いをしたのだ。——その時も私は心なく笑ってしまった。然し、今はそれも笑ってはいられない。

深夜の沈黙は私を厳粛にする。私の前には机を隔ててお前たちの母上が坐っているようにさえ思う。その母上の愛は遺書にあるようにお前たちを護らずにはいないだろう。よく眠れ。不可思議な時というものの作用にお前たちを打任してよく眠れ。そうして明日は昨日よりも大きく賢くなって、寝床の中から跳《おど》り出して来い。私は私の役目をなし遂げる事に全力を尽すだろう。私の一生が如何《いか》に失敗であろうとも、又私が如何なる誘惑に打負けようとも、お前たちは私の足跡に不純な何物をも見出し得ないだけの事はする。きっとする。お前たちは私の斃れた所から新しく歩み出さねばならないのだ。然しどちらの方向にどう歩まねばならぬかは、かすかながらにもお前達は私の足跡から探し出す事が出来るだろう。

小さき者よ。不幸なそして同時に幸福なお前たちの父と母との祝福を胸にしめて人の世の旅に登れ。前途は遠い。そして暗い。然し恐れてはならぬ。恐れない者の前に道は開ける。

行け。勇んで。小さき者よ。

小さい芸術　片山廣子

ink
PILOT

むかしの世では、あづまから京へ、京から筑紫のはてへと、手紙を書いたり書かれたりすることが、非常に珍しひことであり、又一生のうちの幾つかに数へられるよろこびでもあつたらうと思ふ。その時代の人々の静かな余裕ある心では、その手紙のためにたくさんの時間と真心と技巧をも与へることが出来た。かれらは手紙によつて多くを与へ多くをうけることが出来たのである。あの鎌倉の月影が谷の小さな家で手紙を書いてゐた阿仏尼などは、今の私どもが訪問したり食べたり買物したり自働車と電車に乗つたりする凡ての時間を悉く手紙を書くことと子供らのための祈りとに費したのではないかとさへ思はれる。たしかに、むかしの手紙は立派な一つの芸術であり、又いかなる尊い贈物にも増して礼と愛との表現に力あるものであつたらうと思はれる。

現代の私どもはむやみと忙しい。私どもは美しさと静かさからだんだんに遠ざかつて来てしまつた。手紙を書くといふことも、今の私どもには、さほどの歓びではなくなつて、ある時は煩しくさへ感じることがある、煩しさを感じた時に書いた手紙がどんな感じを先方の人に伝へるであらうかと思ふと、顔があかくなるやうな気がする、私どもの手紙にはあまりに時間とまごころとが足りなすぎる。

しかし、どんなに忙しいと云つても、用事の手紙や葉書ならば、私どもは一日に何遍かいてもすこしも恐れない、さういふ手紙が、ある時は面談するよりもずうつと雄弁であり、要領を得てゐることもある。つまり私どもが忙しい中で書きづらく感じるのは用事のない手紙である。これは、たぶん、何を書いてよいのか私どもの落ちつきのない心には容易に思ひつかれないからでもあらう、又どんな文体で書いてよいかを考へるのも面倒の一つであらうと思ふ。

今の手紙の文体はずゐぶんいろいろである。お案じ申上げてをりますといふ丁寧なのもあるし、どうぞ、さう云つて下さいといふ学生風なのもあるし、雲かとばかりあやまたれし花もいつしか散りてあとなく、若葉なつかしき頃と相成り候へば、といふやうなたいそう優しい書きぶりもある、みんな書く人の自由であるから、貰つた方でも自分の好きな恰好に返事をかいてもよいのであらうけれど、神経質な人たちはやつぱりそれぞれに書きわけをしなければ気が済まない、それからインキと墨の書きわけさへもする、だから、なほさらにおつくうに感じるのであらう。手紙の文体をもうすこし私どもの自由に書けるかたちに直して欲しいやうに私はこの頃つくづく考へはじめた。

このあひだ私はほんの一寸した事の問合せの手紙をある人に送つた、するとその人から返事が来た、それは私が今まで貰つた友人たちの手紙の中で最も快い明るい感じのするものであつた。くり返して読んで見て、どこがどういふやうに快く響くのか、私にははつきり分らなかつた。全文中の四分ほどは私のとひあわせの返事で、二分は私の知らない或る事件の報道であり、二分はある本に就いての感想で、一分はその人自身の事が書いてあり、あと一分は私の気持を快くするための親切な技巧であつた。全体が非常に明快な調子で書かれて日常の会話のとほりな自然さが現はれてゐた、その人は、いつも、大へんにむづかしい文を書く人であつたので、私はよけいにおどろかされた。

しかし、言葉の技巧を知り尽した人でなければ、それほど自然な平易な手紙はかけないのであらう。

ある時私が某先生のお宅にうかがつた時、西洋人の手紙の話が出て、西洋の人たちの手紙はその人たちにとつて一つの創作であるから、私は日本で書いてゐる葉書のやうな手紙を送ることを恥ぢると云はれたことがあつた。その後私はチエホツフやスチーヴンソンまたヘンリイ・ジエームスなどの手紙を読んで見て、つくづくその先輩の言のほんたうであることを感じた。

チエホツフが後に自分の妻とした女優に送つたやうな手紙を書くには我々の言葉は不自由であるかも知れない、ヘンリイ・ジエームスがその母や友人に書いたやうな手紙を、私どもが自分の友人や子供から貰はうと期待するのは、少し欲ばりすぎるかも知れない、しかし、どうかして私どもはもうちつと自由に現代語を使つて、もうちつと努力して手紙を書いてもよささうなものである。時間がない時は葉書でもけつこうだと思ふ、ただ其中に私どものうそでない心持さへ入れてあれば。

言葉はなりたけ簡単に、言葉の上の技巧は捨てて、全体のトーンの上にある苦心をしなければならまい、感傷的の形容詞は捨てて、その折々のまことの感情を言外に現はす努力もしなければならまい。そんな注文をいへば、それは詩をつくるよりも小説をつくるよりも、もつとむづかしい事かも知れないが、とにかく、私どもは、もつとよい手紙を、もつとらくに書きたい、手紙によつて、与へ、また与へられたい。それには私どもの手紙に対する心持をもつとあたらしくしなければならまい。

たいそう古いことを言ひ出してをかしいが、つい此程私はある必要があつたので土佐日記を読んで見た、そして私はむかしの一官吏がどれだけの元気と歓喜を以てはじめて我が国文体の日記を書くといふ冒険を敢てしたかと考へて見た。むかしの人は羨ましい、私どもは疲れてゐる。手紙といふ小さい芸術の中に力とよろこびを感じることが出来るほどに私どもが若がへることは出来ないものだらうか。

物質的の報酬のないところには些の努力をも惜しむといふほど、私どもはそれほどさもしい心は持つてゐないつもりである。報酬の目的なしに、互に与へ、与へられるよろこびは、いつの時代にも、特に人類に恵まれたる幸福でなければなるまい。

私どもの疲れた頭にも、もうすこし手紙について考へて見たいやうな気がする。

編者 Profile

なみ

朗読家

写真家

虹色社 近代文学叢書 編集長

本作のご感想や執筆関連のお仕事のご依頼等は、
メールアドレス info@nanairosha.jp まで、
お待ちしております。

近代文学叢書Ⅳ　すぽっとらいと 手紙

2022 年 3 月 22 日　第 1 刷発行

編集者	なみ
発行者	山口和男
発行所 / 印刷所 / 製本所	虹色社

〒 169-0071 東京都新宿区戸塚町 1-102-5 江原ビル 1 階
電話　03（6302）1240

本文組版 / 編集 / 撮影	なみ
取材協力	喫茶 /bar 早苗

ISBN 978-4-909045-43-0
定価はカバーに表記しています。
乱丁本、落丁本はお取り替えいたします。